# 裏ヴァージョン

RieKo
MatsUUra

松浦理英子



P+D
BOOKS
小学館

目次

# 1

## 第一話　オコジョ

ステファニー・クイーン

　けだものは耳を伏せ丸めた背筋の毛を限界まで逆立て、ハーッと激しく息を吐いた後も、いつでも飛びかかれるように前肢《まえあし》をたわめたまま、険悪に細めた眼をアーネストから離そうとしなかった。アーネストの方も、全身の力を眼に集めて思いきりけだものを睨《にら》みつけた。しかし、アーネストの頭よりもやや高い本棚の天辺に乗ったけだものは、自分の方が有利な位置にいると確信しているのか、怯《ひる》むどころか眉間の皺をいっそう深くして眼下の敵を見下ろす。アーネストは睨み合いに負けたくなかった。だが、無理な力を込めた眼はすぐに凝って来て、鼻の付け根から頭の奥にかけてつんとした痛みが走った。用心深く数歩下がりながら、凝った眼をぎゅっと閉じる。瞼の裏がちかちかし、一瞬眩暈《めまい》を覚える。眼を開けると、けだものはまだ同じ姿勢でアーネストを見つめていた。

痛いのは鼻や頭ばかりではなかった。さっきけだものの鋭い爪で引っ掻かれた右手の手頸《てくび》からは生温かい血が滴っているし、同じように一撃見舞われた顎先《あごさき》も皮膚が裂けてきりきり痛む。ダンガリーのシャツの胸元に血の染みができているのを知って、またも怒りが込み上げて来る。

——このけだもの、どうしてくれよう！　だが、気を落ちつけないことには報復もできない。

そう思って一呼吸し、さらに一歩退くと踵《かかと》が何かを踏んだ。床に転がったワインの小瓶、その曲面に沿って滑った足が放り出されるように前に飛び出し、アーネストの尻は派手な音をたてて木の床に打ちつけられた。畜生！　ワインの小瓶をけだものめがけて投げる。けだものがびくりと身を縮める。けれども、狙いははずれて小瓶は本棚の縁にぶつかった。破裂音とともにきらきら輝くガラスの破片と薄赤いしぶきがアーネストの上に降りそそいだ。

きっかけは、夕食を始めようとしたアーネストが、テレビの向きを調節するためにダイニング・テーブルを離れた間に、けだものが皿からラム・ローストを一切れ掠《かす》め取ったことだった。食卓の上の物に手を出すなという小言は再三繰り返していたはずだった。それなのに、キャット・フードだけでは満足しない貪欲なけだものは、始終ダイニング・テーブルに上がって来ては隙を見て人間の食べ物を奪い取る。

「おいおい、がっつくなよ。」

腹立ちを抑えて、けだものが咀嚼《そしゃく》の音をたてるテーブルの下を覗き込んだ。けだものはちらりと暗い視線をよこしたが、また何事もなかったように獲物を噛み始める。いつものことではあった。だが、今日に限ってはそのふてぶてしい態度が癪《しゃく》に障り、ラム・ローストを奪い返そうと手を伸ばしたところ、がぶりとやられた。かっとした。けだものの頸筋を摑んでテーブルの下から引きずり出し、平手で一発頭を叩いた。二発目を繰り出そうとした時、並みの猫の一・五倍くらい大きくしかも異様に筋肉の発達したけだものは、体をくねらせて鮮やかにアーネストの指を振りほどき、逆襲の爪を彼の手頸にふるったのである。

それからの事細かな経過は憶えていない。逆上したアーネストは意地でもけだものに体罰を加え思い知らせてやろうとして、逃げるのを追いかけまわした。けだものはテーブルの下をくぐって椅子に跳び上がり、続いてテーブルの上に跳び移ってワインの小瓶を転がした。アーネストはフットボールの選手のようにけだものにタックルをかけ、ラム・ローストの載った皿やワイン・グラスを吹っ飛ばした。けだものに覆い被さりかけたあの時顎《あご》をやられたのだろうか、何度かは奴を部屋の隅に追い詰めたのだったか、蹴り出した足があいつの横腹にでも当たっただろうか、定かではないが、気がつくとけだものは本棚の天辺に位置を定め、アーネストはそれを呆然と見上げていた。引っ掻き傷の痛みをこらえながら。

だから猫なんか家に入れるべきじゃなかったんだ——アーネストは苦々しく思い返す。いや、ペット・ショップで売られていたり知り合いの家で生まれた猫を、性質のよしあしを確かめた上で引き取るのならいい。野良猫だって、あっちからすり寄って来るような人なつっこい奴だったら、慈しんで育てることができるだろう。ところがサラ——あの身勝手な女！——は、こいらをうろついていた、人に馴れていない仔猫を、全体は白だが頭頂部から尻尾の先まで刷《は》毛《け》で一本線を引いたように濃い灰色の毛が生えている柄が気に入ったという理由で、飼ってくれと言い出したのだ。「やめておこうよ。ああいうのは、いつまでたっても本当にはなつかないぜ」と何度も諭したのに、サラは頑として聞かなかった。「あの猫を飼うことができたら一緒に暮らしてもいいわ」というあいつのことばに屈服してしまった俺も馬鹿だったけれど。

サラと暮らしたい一心で、アーネストはどんなに疲れていても毎日朝と晩、キャット・フードの缶詰をかかえて仔猫のいそうな場所を探したものだった。二十三歳のアーネストにとって、サラはしばらくぶりにできたガール・フレンドであり、女性に対して比較的内気なアーネストに、自分の方から連絡を取って会おうとしてくれる初めての積極的な相手だった。仔猫と出会う可能性がいちばん高いのは早朝のゴミ集積所、もちろん人の気配がすると逃げるので、近くの路上に蓋《ふた》を開けた缶詰を置きさりげなく離れて見守る。第一にこちらの顔を憶えさせ、時に声をかけ、安全な人間だと印象づけて、だんだん距離を縮めて行くつもりだった。名前もつけた。ずっと前、サンディエゴの動物園で知り合った日本からの旅行者の女の子に教えられたイタチの一種を指す日本語で、〈オコジョ〉と。当時は痩せていて、ひょろひょろ動く仔猫は本当にイタチに似ていたのだ。

仔猫はやがて、アーネストの顔も自分につけられたオコジョという名前も憶えたようだった。それだけではなく、いつの間に知ったのか、アーネストの家の戸口まで来て食べ物を待つようにもなった。しかし、触れられるのは断固として拒み、アーネストが撫でようと手を伸ばすとハーッと声をたてて小さいが鋭い牙を剝き出しにする。何週もそういう日々が続き、業を煮やしたアーネストはとうとう強引な手段に訴えた。猫が中に入ると自動的に扉が下りる小箱を作って、キャット・フードに釣られてまんまと中に入ったオコジョを、箱ごと家の中に連れ込んだのである。充分には馴れていなくても連れ込んで逃がさないようにしておけば、顔をつき合わせているうちにどうにか親愛の情が通い合うようになるのではないか、という考えだった。それが甘かったことは後に思い知ったのだが。

アーネストは本棚の隣に並べたロッカーからモップを取り出した。柄を強く握り締める。

「オコジョ。」呼びかけるとけだものは片耳をぴくりと震わせる。「俺とおまえと、どっちの方が強いかためしてみようか?」

モップをかまえてけだものに突きかかる。予測していたことだが、角度が悪くまっすぐに強くけだものを突くことはできない。しかし、けだものはやや慌てて本棚の上を右往左往する。優位を回復したアーネストは微笑みかける。するとちょうどその時、敵に大した攻撃はできないと見抜いたけだものは、本棚の端まで移動して鼻先をつんと上げ胸を反らすような姿勢で動きを止めると、蔑《さげす》みを込めたとしか思えない眼をアーネストに向けた。アーネストはまた頭に血が上るのを覚えた。引っ掻かれようが嚙みつかれようが、あいつを捕まえてやる！　アーネストはけだものに向かって素早く跳躍した。指先にけだものの毛を感じた。が、摑めたのは空気だった。けだものは——本棚よりもいくぶん低いロッカーの上に跳んでいた。驚いてそっちを向いたアーネストの顔に、けだものがどす黒い影となって突進して来た。

アーネストは上体をのけぞらせた恰好で吹っ飛び、ダイニング・テーブルにぶつかってそれを倒した。左眼に強烈な痛みが起こった。咄嗟《とっさ》に眼は閉じたはずだ。だが、あきらかに爪は瞼だけではなく角膜も傷つけていた。腰も後頭部も打ったが何よりも痛むのは眼、アーネストは悲鳴とも唸り声ともつかない音声を絞り出しながら床を転げ回った。転げ回りながらも、止まるな、止まるとあいつが襲って来る、と思い、懸命にチェストのあるあたりに這《は》いずって行く。辿り着くと、引き出しからタオルを取り出し左眼を覆うように頭に斜めに巻きつける。すぐにタオルにじわりと血が吸い取られるのがわかる。アーネストは初めて疑った。あいつは俺より強いのか？

滲み出した脂汗を拭いながら立ち上がり無事な右眼で見回すと、けだものはまた本棚の上に戻っていた。こっちを向いてはいるが、さっきまでよりも余裕があるようで蹲《うずくま》っている。アーネストはけだものを刺戟《しげき》しないようにゆっくりとした動作で窓辺に行き、窓を開け放った。今日は昼過ぎから天気が崩れた。激しさを増した雨風が暗闇から吹き込んで来る。冷気に身震いしたアーネストは、窓辺を離れ部屋の中央あたりに立つ。

「行け。」けだものに声をかける。「好きな所に行けよ。おまえはここにいたくないんだろう?」けだものは大儀そうに開け放たれた窓の方に首をめぐらせ、寒くなって迷惑だと言いたげに身をすくめて蹲り直す。

「おまえを連れて来たのは俺の間違いだった。悪かったよ。だから今日限り出て行ってくれ。」けだものは辛抱強く寒さに耐えてじっと伏せている。どうして出て行かない? アーネストはもう一刻たりとも、この凶暴なけだものと一緒にいたくないのだった。足元に倒れていた椅子を摑み、本棚の真ん中めがけて投げる。大きな音がして、両親からもらい受けた古い木製の椅子はばらばらになって落ちた。けだものは動じない。自分の方が強い、アーネストなど恐れるに足りない、とわかっているのだ。お揃いの椅子をもう一脚投げる。そっちもまた、けだものには何の効果も与えないままばらばらに崩壊しただけだった。俺には猫を追い出す力もないのか。アーネストの胸に情けなさが込み上げた。

こんな猫をほしがったのは俺じゃないのに。今はサンタモニカで大衆向けレストランの経営者と暮らしているサラのことを、アーネストは思った。出し抜けに「ねえ、私たち、そろそろ別の道を行かない？」と切り出されたのは先月のことだ。お決まりの実りのない話し合いの最後の方で「オコジョはどうするんだ？」と訊《き》いてみたが、「あなたが世話をしてよ」という返事だった。そんなことなら初めからほしがらなければよかったんだ。オコジョのおかげで俺たちは一緒に暮らせたんだけど。

猫が家に来た、と告げるとサラは即座に身の回りの品を持ってアーネストの家にやって来た。第一日目、小箱の蓋を開けても一歩も外に出ようとせず、餌さえも箱の中へ押し遣ってやらなければ食べる素振りを見せない、恐怖と怒りに身を強張《こわば》らせたオコジョの様子に、「こんなのを望んでたんじゃないわ」と文句をこぼし、二日目、二人が仕事に出ている間に小箱から出たオコジョが、ダイニング・テーブルの椅子を倒し、ベッド・カバーをびりびりに引き裂き、窓のブラインドを破壊し、さらに床一面に大小便を撒き散らしたさまを眼にした時には顔から血の気が引いていたものの、サラは同居を取りやめるとは言い出さなかった。

オコジョが破壊活動をするたびに二人は黙々と後始末をし、決して怒らず、無理に触れようともせず、食べ物はふんだんに与え、愛情と誠意を示したつもりだった。オコジョが二人のいる時でも小箱から出て来るようになったのは捕まえてから約三箇月後、その頃にはそうひどい破壊活動もしなくなり、トイレの場所も定まった。だが喜びは長くは続かなかった。半年たっても一メートル以内には近寄って来ず、食べ物をねだる時もじっと睨むだけで甘い啼き声一つ上げない、撫でようとすると飛びすさるか爪を立てる、常に眼を三角に険しく吊り上げている、そんなオコジョにサラは愛想を尽かし、しだいに手なずけようという努力もしなくなった。

　こいつがなついていればサラは出て行かなかったかも知れない。だからといって、オコジョを恨むわけじゃない。勝手に連れ込まれ戸外の気ままな暮らしを奪われたオコジョに、俺たちになつく義理はないんだから。アーネストはよろよろと歩いて壁際のベッドに腰を下ろした。サラ。ハイ・スクールを中退した自動車修理工の俺と、情熱的につき合ってくれたサラ。二十一の時に土台から屋根まで自分一人の作業でつくった町はずれのこのちっぽけな俺の家に、一年も住んでくれたサラ。いつかは雇われの身分じゃなく自営の修理工になりたい、と言った俺を優しく励ましてくれたサラ。アーネストはベッドに横たわり、眼を閉じた。サラ、サラ、眼が痛いんだ、病院に連れて行ってくれないか。

　胸元にどさりと重みが来たのと同時に、喉元に衝撃を受けた。いつの間に忍び寄ったのか、獣臭い匂いをたてるオコジョがアーネストの頸に喰いついていた。反転しながら手でけだものを払おうとした。気管がよじれそうなくらい喉が引きつり、体がベッドから転がり落ちた。びりっという嫌な音がして口中に血が噴き上げて来た。ひどく咳《せき》込《こ》んだアーネストは床に血が吐き散らされるのを見た。息を吸うとびゅう、という音がした。喉から湧き出した血がつうっとシャツの襟元に流れ落ちる。何だ、これは？　床にへたり込んだままどこやら虚《うつ》ろな気持ちで眼を上げると、けだものはベッドの上から低い体勢でなおも攻撃のチャンスを窺《うかが》っている。殺す気か？ 俺を殺したいのか？ けだものの緑色の眼ははっきりと憎しみに燃えているように思えた。でも、どうして？ 食卓から盗み食いをした飼い猫をひっぱたくらい、どこの家でもやってるじゃないか。そんなことで怒った猫が殺人に走ったなんて話は聞いたことがない。それともこれは、以前からの恨みの爆発なのだろうか。意思に反してこの家に閉じ込められた恨み。今日一年ぶりに窓が開き自由な生活を取り戻せるのがわかっても、恨みを晴らしてからではないと出て行きたくないというのか。

けだものがまた飛びかかって来た。上体を横倒しにしてよけたが、爪が額の右側を引っかけた。今度は無事な右眼の方を狙われたのだ。どすん、と野卑な音をさせて床に着地したけだものは、ベッド脇のサイド・テーブルに跳び乗ってかまえる。アーネストの胸にもオコジョへの憎しみが噴き出した。ああ、確かに俺はおまえに悪いことをしたよ。だけど、いつもまずまずのキャット・フードをたっぷり与えたし、ピュア・ウールの毛布の寝床をしつらえてやったし、虫下しの薬も蚤《のみ》取りの薬も医者からもらって来たし、爪研ぎも自由にさせたし、上って遊べる猫用アスレチック・タワーも手作りしてやったじゃないか。それなのに、殺したいほど俺が憎いのか？ じゃあ、俺もおまえを憎んでやる。

けだものの牙は頸動脈には刺さらなかったようだ。俺は死ぬことはない。死ぬのはおまえだ！　奇妙な昂奮に囚《とら》われたアーネストは勢いよく立ち上がり、倒れているダイニング・テーブルの脚を右手と左手で一本ずつ摑むと、けだもののいるサイド・テーブルに放り投げた。大音響、床を震わせる震動、ダイニング・テーブルは天板を下にして床に落ち、サイド・テーブルの上にあった電話機や灰皿はどこかにすっ飛んでいた。猫は——姿がない。ベッドの上にも本棚の上にも床にもいない。アーネストは窓辺に駆け寄り、雨風が傷に沁みるのもかまわず身を乗り出した。出て行ったか？　窓に面した空き地に照明設備はなく、三十メートルほど離れた隣家の塀も暗闇に沈んでいる。まだ近くにいればオコジョの白毛が暗がりにぼんやりと浮かび上がるだろうが、何も見えなかった。

二十分、いや三十分もアーネストは、何度となく室内を振り返りながら窓辺に佇《たたず》んでいた。けだものの気配はどこにもなかった。行ったに違いない。安堵とともに苦笑が浮かんだ。大の男が猫になんかしてやられるはずもない。わかりきったことじゃないか。そう、出て行ってくれさえすればいい。いっとき憎しみに駆られたって、生き物を本気で殺したいわけじゃない。アーネストはひっくり返ったダイニング・テーブルを跨《また》いで、ベッドに腰かけた。病院に行かなくては。救急車を呼ぶほどではない。電話帳で急患を扱っている病院を探して、タクシーを手配して——。猫にやられたと言って医者に信じてもらえるだろうか。

血に汚れたシャツを着替えようとボタンに手をかけた時、ふっと思い当たった。ベッドの下は調べていない。もしや――安堵が再び不安へと移ろった。あいつがベッドの下にひそんでいて、病院から帰った俺が寝入ったところを執念深く襲って来たら――。アーネストはそろりと腰を上げ、ベッドのそばに膝をついた。心臓がどきどきし始めた。オコジョの憎々しい顔つきが眼に浮かんだ。怖い。もしいるとしたら見たくはない。しかし、確かめなければ今夜安心して眠れない。だけど、覗き込んだ途端に攻撃して来たら。いや、いるはずはない。何を臆病風に吹かれてるんだ。

アーネストはモップを拾って来てベッドの下に突き入れた。ベッドの下には普段使わない物を詰めた箱を押し込んでいるので、そう深く探る必要はない。モップの先は箱には当たったが生き物の柔らかい手応えはなかった。アーネストは再び苦笑した。俺は相当に気が小さいな。今やオコジョよりも自分の気の小ささを確認する気持ちで、アーネストはベッドの下に身をかがめた。暗がりに二つの邪悪な瞳が輝いていた――その輝きだけは、アーネストの右眼がけだものの渾身の力を浴びていっさいの光を奪われた後も、けだものの荒い鼻息とかすかな肢音《あしおと》がそばを通り過ぎ窓の方向へ遠ざかり室内から消えた後も、網膜に灼きついて失われることはなかったのである。

＊　＊

何なの、これは？　誰がホラー小説を書けって言った？　ステファニー・クイーンだなんて、オコジョだなんて、あほらし過ぎて泣けて来る。もっと真面目にやれ！

# 2

## 第二話　マグノリア

　これからわたしが話すことをあなたがどれだけ理解できるのか、っていうのは第一にあなたはこの国の人間じゃなくて旅行者で、それほど英語ができるわけじゃないからなんだけど、充分にわかってもらえなくてもいい、どっちかっていうとわかってもらえない方がいいのよ、だって告白っていうのはそもそもことばの通じない相手に対してするものと相場が決まってるでしょ、決まってないかも知れないけど、何にせよ、わたしはいつも心の中で自分に向かって話していたことを今自分以外の人に話してみたくなったわけ、あなたに耳を傾ける義務はないし夜も遅いし結構飲んでもいるし、眠くなったらどうぞそのカウチで寝て、わたしは勝手に喋《しゃべ》るから。

　グレン、っていうのはわたしたちを引き合わせたレコード屋の店主だけど、正直なところ、彼からわたしの持ってるレコードを買いたがってる人がいるって聞かされた時には、またうっとうしい黒人音楽マニアかと思ってさっさと高い値段で売りつけてお引き取り願うつもりだったのよ、日本人って入手困難な廃盤レコードには百ドルくらい平気で支払うんでしょ？　でもミスター・アメノ、それともアマノだった？　あなたに好きなレコードを試聴させてお酒まで出してもてなしたのはうっとうしくなかったからよ、日本人がみんなそうなのかどうかは知らないけれど、あなたはもの静かで落ちつきがあって眼をぎらぎらさせてレコードを漁ることもなければ好奇心たっぷりにわたしを見つめることもなくて、ほら、よくいるじゃない、ここにあるレコードに歌や演奏を吹き込んだのはわたしじゃないのに、ただ同じ人種であるっていうだけで、わたしにまで憧れの眼差しを向けるけったいな連中が、そりゃわたしだってわたしたちの人種がこの国に連れて来られてから今に至るまでの歴史的事情なら先刻承知だけど、だからってコレラノ音楽ヲ君タチハ誇ルベキデアルなんて調子で押しつけがましく語られたくはないの、このあたりはわかりやすい話よね。

で、そういううっとうしい連中の中でもこれまでの三十四年間の人生でいちばんわたしを苛《いら》立《だ》たせたのが、セシリア・ハミルトンっていう女、あんなに迷惑な人間もいなかったわよね、実はこの部屋にあるレコードは全部彼女の集めた物だったんだけど、彼女がこの間天に召されたんでわたしのところに転がり込んで来たの、セシリア・ハミルトン、一九四五年家具屋の父と教師の母の間に生まれた生粋のコーカソイド、あのイカレた性格がどんなふうにしてでき上がったものやら知ったこっちゃないけど、典型的な中産階級の抑圧された娘だったんでしょうよ、小さい頃は両親の言いつけをよく守るいい子だったのに大学に入るんでニューヨークに出てからは予定の道を踏みはずし、セシリアの言うにはスライ・ストーンそっくりのすっごいハンサムなアフリカン・アメリカンにぞっこん惚れて、二十二歳で父親の人種の外見的特徴を受け継いだ娘を産み落としたんだとさ、はい、もうおわかりですね、その娘っていうのがこのわたし。

セシリアちゃんの生まれ育った町には黒人はほとんど住んでなかったから、ニューヨークで反体制派の若者の仲間に入るまで彼女に黒人の友達なんて一人もいなかったの、でもセシリアちゃんったら十四歳の時にサム・クックを耳にしてからその昔はレイス・ミュージックと呼ばれた音楽にどっぷりはまって、ハイ・スクールの頃にはもう大した黒人音楽マニア、いや音楽に限らない黒人マニアになってて、ニューヨークに行ったら絶対に黒人の恋人をつくるんだってその頃から決めてたに違いないわ、中産階級の心寂しき娘のファンタジーってやつよ、もしかしたらいずれ産むつもりの黒人の血を引いた子供の名前もその時分から考えてたのかもね、女の子だったらマグノリア、ビリー・ホリデイの『奇妙な果実』を聴いてる時に思いついた名前なんだってさ、マニアックでしょう、ええ、わたくしマグノリア・ハミルトンと申します。

娘にそんな名前をつけるのがどんな母親か想像がつくでしょう、あの馬鹿っ母にとってはどこから見てもアフリカ系の姿かたちをした娘はコレクションの一つなわけ、わたしをソウル・シンガーにしたくって小さい頃から嫌っていうほどリズム・アンド・ブルース、ソウル、ゴスペルを聴かせて、「歌ってみなさい」って自分でピアノ弾いてレッスンまでしようとするの、そんな、歌えるわけないじゃない、アリサやメイヴィスみたいになんて、ところが子供って素直だから親が「黒人の血が流れてるんだから歌えるはず」なんて言うと「そうかな」って思って努力するのよ、それでもカッコよく歌えないと自分を劣った人間みたいに感じるじゃないの、この経験って結構尾を引いたわよね、それでわたしは長い間黒人音楽が嫌いだったのよ、白人音楽はといえばビートルズのシングル盤さえうちには一枚もなかったし、クラシックなんて「リズム感が悪くなる」とかいう理由でラジオのチャンネルを合わせることも御法度だったの、異常だと思わない？

うん、母のしたがる話っていったらマーティン・ルーサー・キングとかブッカー・T・ワシントンとかハリエット・タブマンとかアンジェラ・デイヴィスとか黒人の偉人の話ばっかり、本だって黒人作家の書いたものしか読ませてくれなかったわ、何かにつけて「あんたは半分黒人」ってうるさいったらない、言い忘れたけれど、父親はわたしが二歳の時に母親と暮らしてたアパートを出て行ったらしいの、ああもちろん母の保守的な両親は娘とアフリカン・アメリカンの結婚を許さなかったのね、だからニューヨークで親子三人慎ましく生活してたんだけど、おやじもあの馬鹿っ母にはほとほとうんざりしたんでしょうよ、母は恨んでるみたいだったけどわたしにはおやじが出て行きたくなった気持ちがよくわかる、まあ行方知れずの父のことはさておいて、見放された母はしかたなくわたしを連れて故郷の町に帰りました、そう両親と仲直りしたの、祖父母はわたしにはそんなに冷たくもなくて、わりといい人だったんじゃないかしら。

お歌のレッスンはわたしがいっこうに上達しないんでジュニア・ハイ・スクールに通い出した頃に取りやめになって、それはすごく嬉しかったんだけど、代わりに詩の朗読をさせられるようになってね、例によってニッキ・ジョヴァンニとかラングストン・ヒューズとかアフリカン・アメリカンの作品ばっかりよ、母は祖父の会社の経理を任されてたんだけど、夕食の後、疲れた顔でソファーに横たわってわたしの読むのを聞いてるの、「あなたの声はやっぱり黒人のいい声ね」なんて呟きながら、そのたるんだ上にがさがさしたしみだらけの白い肌に疲れとひとりよがりな満足感らしきものがべったり貼りついてる様子と来たら、すぐさまたわしでこすって樽に沈めたいようなものだったよ全く。

また困ったことに、そういう年頃になったわたしがたまに男の子とデートなんかするといい顔しないのね、さっき言ったように母の生まれた町には黒人がほとんどいないからデートの相手は白人ってことになるんだけど、あの馬鹿っ母は言うのよ、「同じ民族と結婚した方がいいわよ」って、いかにも自分の結婚の失敗を踏まえて忠告してるみたいにね、だけどわたしにはわかってたの、母は黒人の孫がほしいんだって、わたし以外にもう一つコレクションをふやしたいんだって、ほんとに馬鹿じゃないの、わたしを黒人とつき合わせたいんだったら、っていうかそんなに黒人が好きなんだったら、黒人の多い町に住んで普段から黒人と存分に交わったらいいじゃない、そうする勇気がないもんだから父と別れてから結局は中産階級の世界に戻ったのよ、つまり母はその程度の人間ってこと、自分の育てた娘が、外見は黒人でも中味は白人社会の慣習に染まって、黒人の間にいても白人の間にいても居心地悪く感じる人間になったってことを、いったいどう考えてたんだか。

ところでその母と仲のいい男の子がいたのね、十歳の時に隣に引っ越して来たエディ、わたしと同い年なんだけどわたしとじゃなくて母と仲がよかったのよ、これがまた黒人音楽ファンでうちに入り浸っては母のコレクションを片っ端からカセットに録音したり、自分で見つけて来たレコードを母と交換したり、同好の士だったのね、わたしは黒人音楽からは遠ざかっていたいと思ってたから、彼が来てる時にはリビングには立ち入らないようにしてたのに、母は何だかエディがお気に入りになって「白人でもエディとだったら結婚してもいいんじゃない」なんて言い出したの。

冗談じゃない、エディなんてチビで痩せっぽちでスポーツ嫌いで、ジュニア・ハイの頃からは人になめられることがないようにって筋力トレーニングを始めてがっちりした体にはなったけれど、盛り上がった肩に細面の青白い顔が乗ってるところが何かちぐはぐで、変な言い方だけど貧乏ったらしい感じなの、わたしは黒人音楽に興味がないのにあいつは全然気がつかなくて、「やあ、マグノリア、このマージー・ジョセフって人の歌はなかなかいいよ」とか「ボベッツのフル・アルバムが出たよ、すごいだろ、フル・アルバムだぜ」とかしょっちゅう言って来る鈍感な奴なのよ、そりゃ子供の頃はよく遊んだけどボーイ・フレンドとしてはお呼びじゃない、どうせこいつも母みたいな黒人マニアなんだろうって思ってたしね、そいつに母が「マグノリアのこと、どう思う？」なんて訊いて彼の方はにやにや笑ってるのをリビングの入り口で覗き見た時には、二人とも撲殺してやりたかったね。

でもエディとも年頃になってからデートしたことがあるの、他のボーイ・フレンドとうまく行かなかった時にね、っていうのは当時ははっきり自覚してなかったんだけどわたしは白人の女とつき合うのがいちばん好みなのよ、ジェイムズ・ボールドウィンの小説の登場人物みたいでしょ、それも普通のつき合い方じゃ面白くないっていうね、まあそれはおいといてエディとの話、十六の時にうっかりエディとやっちゃったことがあって、それは二人とも嫌なことがあって慰め合ってるうちに何となくそうなったんだけど、わたしの方はお互いに軽はずみだったってことで忘れようとしたのに、エディの方は結構真剣になっちゃってね、それからデートの申し込みのうるさいこと、何べん断わっても部屋のドアは叩くわ花はよこすわポインター・シスターズのレコードはくれようとするわ、ついにわたしはキレちゃって「わたしはセシリア・ハミルトンと彼女の好きなものが大っ嫌いなの！」って怒鳴ったの、そんなことはないってわかってたんだけど「あんたはセシリアの愛人なんじゃないの？」ともね。

エディは一瞬絶句したけど次には真赤になって、とんでもない、僕はずっと君が好きだったんだ、君のためなら何でもするよ、なんて言い出して、わたしはもうエディにとっとと行ってほしかったから、「じゃあ、あの母を殺してよ」って口走っちゃった、そしたらエディはまともに受け取って一週間くらいたったら殺人の計画を練って来たの、思いつめた顔をして「うまく行ったら結婚してくれるね？　それと、お母さんのレコードは全部僕にくれるね？」って条件を持ち出して、その時わたしたちは二人ともどうかしてたのね、わたしはエディの要求を呑んだわ。

殺人の方法は今思い出すと笑っちゃうようなばかばかしいものよ、うちの裏庭に物置があって、母は無農薬の家庭菜園をやってたからしょっちゅうそこに出入りしてたの、物置の前は芝生も植えていない剥き出しの地面で、雨が降ってぬかるみになったところにイチョウの葉とか落ちてるのを踏むと滑りやすいわけ、実際滑って転んだこともあるわ、エディは母が転んだ時ちょうど後頭部が当たる位置に尖《とが》った石を先だけ地面の外に出るように埋め込んでおけばいい、もしかしたらうまく死ぬだろう、そしてみんな事故だと思うだろうって考えたの、二人で手ごろな石を探して来て埋めたわよ、で、しばらくは雨の降った後は転ぶかなどうかなって二人してどきどきして、でも言うまでもないわよね、母は全然死ななかったわ。

エディはそれでも結婚してくれって言い続けてたんだけど、わたしは他の男の子とデートもしたしずっと冷たくしてて、ハイ・スクールを卒業すると町を出たの、母と同じようにニューヨークの大学に入るためにね、もうそれからは自由気ままな生活よ、バッハもモーツァルトも好きなだけ聴けるし白人の文学も隠れて読まなくてもいいし白人男とのデートもし放題、っていっても自分の性的好みがわかってからは白人男とはそんなにはつき合わなくなったけど、ともあれ本格的な自分自身の人生が始まったの、大学を卒業したって母のもとになんか帰るわけはないわ、それからずっとニューヨークにいるのよ。

まあ母は時々訪ねて来たわね、来るとブルースやソウルのコンサートに行きたがったからしかたなくわたしもつき合った、実は強制的に聴かされるんじゃなくなってからは黒人音楽も嫌いじゃなくなってね、母のことは相変わらず嫌いだったけど、それとエディ、彼は地元の大学に進んだんだけど、やっぱり週末なんかに時々ニューヨークに来たの、わたし以外の女とつき合おうとしてはいたみたいで、地元でガール・フレンドができたっていう手紙が来ることもあったけど、相手と別れるとやっぱり懐しげに訪ねて来るのよ、ある程度の年になると幸いあんまり口説かれなくなったから気楽になってね、いつの間にかわたしもエディがいつも思い出す友達っていう感じになったんで、彼が二十六歳で白人の女と結婚して、離婚するまでの二年くらい連絡をよこさなかった時にはほんのちょっと物足りなかったわ、離婚するとまた行き来が始まったんだけど。

母も含めてわたしとエディが仲がいいことを知ってる人たちは、エディが離婚した後わたしたちが結婚するんじゃないかって思ってたみたい、エディも離婚してすぐの頃は「僕はやっぱり君が好きなんだ」って迫ったわ、その頃には彼のわたしに対する好意がたぶん黒人マニアとしての興味じゃあないってことも信じられるようにはなってたけど、でもあり得ないの結婚は、それをエディに納得してもらうためにとうとう言わなきゃいけなくなったの、「わたしは白人女とのSMプレイがいちばん好きだから、相手が誰であれ男とは結婚できない」って。

エディはショックを受けて泣いたわ、拒絶されたことじゃなくてわたしの屈折ぶりがショックだったのね、「そんなこと、そんなことでいいのか」って、わたしはちゃんと説明したわよ。わたしはマゾヒストだけど奴隷制を支持してるわけじゃない、街で拾った白人女にさんざんわたしをなぶらせた後、お互いにプレイの熱が冷めた頃合いを見計らって、突然シリアスに「よく黒人にあんなことができるわね」って言う、そうするとたいてい相手は真青になる、それが面白いわけ、わたしはわたしの人種もわたし自身も相手に侮辱させたことは一度もない、こう話してもエディは泣きやまなくって、そうね、三箇月くらい音沙汰なかったかしら、だけど結局はそういうわたしを受け入れることにしたみたい。

　わたしにとってエディっていうのはたぶん、一般的な夫とか恋人よりもずっと近しい存在なのよ、何ていったらいいのかずっとわからなかったけれど、この頃やっとこれかなっていう表現が見つかった、一度エディがニューヨークに来てこのフラットの別の部屋に泊まってた時に、ついサドの白人女を連れ込んだことがあったの、もちろんその晩やるつもりなんかなかった、ところがその女はとっても強引で、何のかんのうまいこと言ってわたしを縛り上げちゃったのね、それで無理矢理わたしが全然好きじゃないことをしようとしたもんだから、思わず「エディ！」って呼んで助けを求めたの、エディは飛び出して来てその女を突き飛ばしてわたしを縛ってるロープをほどいたわ、で、呆然としてる女にどことなくハードボイルドに「失《う》せな」なんてすごんじゃって、女があたふた消えた後は二人で手を取り合って大笑いよ、「あんまり危ないことをするなよ」って注意もされたけど、その時よ、「この人、共犯者みたい」って感じたのは。

　考えてみれば、二人でわたしの母を殺そうっていう計画を立てた十六の時からわたしたちは共犯者だったのよ、それがはっきりしたのはついこの間なの、さっき母が死んだって言ったわよね、どんなふうに死んだのかっていうと転んで頭を打って死んだのよ、そう、大雨の翌日裏庭の物置の前で、十八年前わたしとエディが埋め込んだ尖った石で延髄のあたりをぱっくり割られてね、発見が早ければ助かったんだろうけど一人暮らしだったし祖父母ももう死んでるし、二日目にエディのお母さんが訪ねて来るまで誰にも見つからなかったわけ、エディが震えながら電話をかけて来て、わたしも動転して郷里に飛んで帰って、葬儀の後は二人でわたしの使ってた部屋に籠《こ》もってずうっと黙って俯《うつむ》いててね、その時の気持ちだけはどうしても伝えられそうにないわ。

二日間じっくり話し合って、これは事故だって、警察に出頭したところで法律だってこれを殺人罪とは見做さないだろうって結論を出して、罪悪感は拭い去れないけどお互いに自殺なんかしないでいよう、いつどこにいたって二人はもう一生結びついていて切り離されることはない、これからどういう人生を送ろうときっと地獄で再会するはず、わたしたちは誰よりもよく知り合っていて他のどんな人もわたしまたはあなたの代わりにはならないって、そんなことを確かめ合って、わたしは母が大嫌いだったけどこんな間抜けな死に方をしたことも含めて憐れでしょうがないって言って初めてエディの前で泣いて、一回強く抱き締め合ってニューヨークに帰って来た。

かわいそうなわたしの共犯者エディは母のレコードを受け取ることはできないって言ったから、わたしはこうやってあなたたち黒人音楽ファンに売って処分しようとしてるの、きっと死んだ母も自分の好きだったレコードは価値のわかる人に保存してほしいと思ってるだろうから、エディもそう思ってるはずよ。

＊　＊

まあアフリカン・アメリカンでもないくせにこんなもの書いちゃって、アフリカン・アメリカンがこれを読んだらどう思うんだろうね。こんなの書く奴が黒人マニアなのかもよ。自己批判よろしく。次回に期待。

# 3

## 第三話　メイベル

メイベル・ハッチンソンがその文書を見たのは、週末芝居見物のためにニューヨークに出て来た息子夫婦のニールとキャロル、孫のケニーの三人と昼食をともにし、飛行機でワシントンに帰る彼等とレストランの前で別れて帰宅した直後、一足先にニールのもとに電子メールで「楽しかったわ」というようなひとことを送っておこうとパソコンを起動した時のことである。どこかからメールが届いている、だがついさっき別れたばかりの息子夫婦以外にメールの遣り取りをしている知人は一人もいない、訝《いぶか》しく思いながら開いたメールは次の通りの内容だった。

会員各位

十月一日をもって、私たちはいよいよ組織としての活動を開始することになりました。

すでに御承知のように、私たちの活動の主眼は、マゾヒズムの本義を世間の人々に正しく認識してもらうことです。一般人がしばしば口にする「マゾヒストは自尊心と自由と平等の精神を放棄し、人間の尊厳を貶《おとし》めている」とか「マゾヒズムは虐げられているマイノリティに敗北主義を植えつけることによって、現今の不平等な社会制度の維持に奉仕している」といった誤解に基づく批判、あるいはそこに官能の漂わない単なる自虐趣味や忍従の美学、自己犠牲の精神等を〈マゾヒズム〉と形容する間違い、はたまた私たちがマゾヒストであるとカミング・アウトした際に、優位を保証されたと一人合点《がてん》して急に偉そうな態度をとり始めたりにやにや笑い出す人々に対して、毅然と「違う」と伝えること。委員会の名において行なわれる抗議行動ばかりではなく、会員一人一人が日常の場面でも機会があればマゾヒズムの何たるかを人々に知らしめる努力をして行きましょう。

今後の具体的な活動計画は追ってお知らせします。

全米マゾヒスト地位向上委員会

目の前に理解を越えたものが顕われると一応理解しようと努める習慣のあるメイベルは、画面の文書を三回読み返した。全米マゾヒスト地位向上委員会？　全米女性地位向上委員会や全米黒人地位向上委員会があるのは知っている。同性愛差別に反対する集団があるのも。彼等彼女等と同様にマゾヒストたちも立ち上がったということか。それくらいのことはわかったが、半年前に夫を亡くすまで続いた三十二年間の結婚生活を通して、苦痛が歓びとなるような性を全く経験したことのないメイベルには、文書の書き手のいうマゾヒズムの本義やらマゾヒストたちの受けているらしい差別偏見についてはほとんど想像力が働かなかった。いや、それより何より、なぜ「会員各位」に宛てたこの文書が亡き夫と自分のパソコンに送られて来たのか。五分考えてもわからないことは無理に考え続けようとせず後刻閃《ひらめ》きが訪れるのを待つ習慣のメイベルは、とりあえず孫のケニーに持たせるために焼いたチョコ・チップ・クッキーの残りを二枚皿に盛り、一枚を食べたところでふとまたパソコン画面の文書にぼんやり眼を走らせていて呑み下したクッキーの味に少しも注意を払っていなかったことに気づき、味わいもしないのなら食べるのは無駄だと白けた気持ちになってもう一枚は密閉瓶に戻すと、息子たちにメールを出すつもりだったのを思い出し、気がかりを残しながらも謎の文書を閉じた。

それっきりで終われば全米マゾヒスト何とかのことは日々の雑事に紛れて忘れてしまったかも知れないのだが、三週間もたった頃、また同じところから新着メールが届いたのだった。

会員各位

委員会発足後の活動をお知らせします。

十月七日、『フィーメイリズム』誌二十六号所載、ミズ・カレン・ダンバーの論文『女性の内なる敵』における、「家父長制度及びマチズモを支えて来た女性のマゾヒズムを廃棄すべき」との論旨に対し、〈マゾヒズム〉ということばの誤用あるいは拡大解釈を指摘する文書を掲載誌宛てに送付。十月十七日、『フィーメイリズム』誌より「次号にて応答」という連絡あり。

同日、テレビ番組『どこまでできる?』にて、ゴキブリを詰め込んだ容器に五分間手を突っ込んでいられた者や動物のおならを深呼吸して嗅ぐことのできた者等に対して与えられる賞を〈今週のグレイテスト・マゾヒスト賞〉と称していることについて、名称を改めるよう要求する文書を送付。十月二十四日現在返答なし。

会員の皆様も各種メディアにて「これは」と思われる表現を見かけたら、委員会までお知らせ願います。

全米マゾヒスト地位向上委員会

メイベルは自分には用のないメールが二度も送られて来たことに少し腹を立てた。おそらく会員のアドレスの登録ミスで自分のところに会報が届くのだろう、委員会にその旨を知らせなければこれからもずっとこうしたメールが届くに違いない。だが、メイベルは親しくない相手に改まった用向きの手紙を書くことに馴れておらず、ことにどうやら人権問題を扱っているらしい団体へ出す文書ではちょっとしたことば遣いにも注意を払わなければならないだろうと思うと、ただちに知らせようという気持ちが萎えてしまった。ニールに頼んで代筆してもらえば、という案も浮かびはしたが、血の繋がった息子に〈マゾヒスト〉というような性にかかわることばを突きつけることになるのは気が進まない。

次の日しかたなくメイベルは本屋に出かけ、実用書のコーナーで『手紙の書き方』という本を抜き出した。レジへ行って支払いをする直前、ふっと思いついて店員に『フィーメイリズム』誌の二十六号はあるかと尋ねると、店員は店の一隅から求められた雑誌を持って来た。カラー・グラビアもない小難しそうな雑誌で思いのほか高く、尋ねたことを後悔したもののメイベルは二冊の本を小脇に本屋を出た。帰り道、近所のコーヒー・ショップに寄ろうとしたら、同じアパートメントに住む顔見知りの若い女性が道路に面したカウンター席で一心にノート型パソコンのキーを打っているのがガラス越しに眼に入り、お互いに気がついて挨拶を交わさなければならなくなるのは億劫なので、十メートルばかり引き返して別のコーヒー・ショップに入った。

カプチーノを飲みながらざっと読んだ『手紙の書き方』はなかなか参考になったが、ぱらぱらめくった『フィーメイリズム』誌の方は、女性の権利の拡大を訴える趣旨そのものには共鳴できても、メイベルがこれまで考えてみたことのなかった細かい事柄をめぐる議論について行くのに骨が折れ、全米マゾヒスト地位向上委員会の会報にあった論文『女性の内なる敵』をどうにか読み終えた時にはぐったり疲れていた。「しょせんわたしはインテリじゃないから。」メイベルは胸の内で呟きながら席を立った。続いてこうも思った、「あのマゾヒストの人たちはあんな論文を楽々読みこなした上、対等な議論に臨んでいるんだわ」。

アパートメントのロビーに入ると、郵便受けの所でさっきコーヒー・ショップのガラス越しに見かけた若い女性が郵便物を取り出していた。メイベルも郵便受けに近づいて「こんにちは」と声をかけた。すると若い女性はどことなく投げやりで荒っぽい動作で首をめぐらせ、重く粘る声音で「ああん?」と言った。めったに聞けない挨拶に、メイベルは思わず後ずさりしそうになった。が、若い女性の顔は一瞬のうちに善良な市民の友好的な表情に変わった。「失礼しました。今、ワイルドなティーン・エイジャーを主人公にした小説を書いているもので、作中人物になりきっていたんです。」「あら、あなたは小説家ですの？　著書がおありなんですか？」「出版はまだです。でも、いずれは本を出したいと思っています。」「そうですか。夢がかなうといいですね。」

通り一遍の受け答えをした後、不意にメイベルの頭に霊感が降って湧いた。エレヴェーターに向かおうとしている若い女性をメイベルは急いで呼び止めた。「手紙の代筆をお願いできないかしら？」

小説を書く人なら作文は得意だろうし、ワイルドなティーン・エイジャーの出て来る作品を構想するような人ならば性に関する話題にも動じないに違いない、とメイベルは考えたのだった。若い女性は渋々といった様子で足を止めたのだが、話のあらましを聞くと俄然《がぜん》興味を示し、引き受けるから是非ともその全米マゾヒスト地位向上委員会からのメールを読ませてほしい、と言った。一緒にメイベルの部屋に向かう途中で若い女性はスーザン・パーカーと名乗り、現在二十五歳で結婚はしているが子供はおらず、カレッジの文芸創作コースに通っていると話した。

部屋に着くと、メイベルはまずお茶を淹れ前日訪ねて来た友人にふるまった手作りのクランブル・ケーキの余りを出した。しかしスーザンは「甘い物は嫌いなんです」ときっぱり断わり、世の中に甘い物の嫌いな女性がいることを知らなかったメイベルが気勢をそがれているのも意に介さず、「早速見せていただけますか?」と片隅のパソコンに顔を向けた。そして、前日届いたメールに眼を通すとさもおかしそうな笑い声をたて、最初のメールも探し出して読むとまたほがらかに笑い、メイベルに向かって言った。

「こんな面白い物、このまま送ってもらってればいいんじゃないですか? わたしならそうしますね。」「あなたのパソコンに届くのならいいんだけれど。」「それもそうですね。じゃあ……」スーザンは手帳を取り出して全米マゾヒスト地位向上委員会のアドレスを書き写した。

「代筆の方はお任せください。わたしの方でフリーメールでも使って送信しておきます。ただ、雑用が多いのですぐにというわけには行きませんけれど。」

スーザンを玄関で見送った後、あの人はちょっと変わっている、だけどまあ小説を書くような人はきっとみんな変わり者なのだろう、ことにワイルドなティーン・エイジャーを主役にした小説を書くような人は、と隣人から受けた印象を整理しながらメイベルは一人でクランブル・ケーキを食べた。何か前日よりも味が落ちているように感じたが、それはスーザンが「甘い物は嫌いなんです」と言って驚かせたせいだろうと思い、気にしないことにして食べ終えた。何にせよこれでもう間違いメールは届かなくなるのだし、今日あの人とロビーで出喰わしたことに感謝しよう、思いはそういったところに落ちつき、その晩メイベルは安らかな眠りについた。

ところが二週間後、またメールが届いたのである。

会員各位

十一月五日、次のようなメールが本委員会に送られて来ました。

マゾヒストの諸君、お元気かね。近頃君たちはマゾヒスト・リブのようなことを始めたようだが笑わせてくれるね。われわれの足元に這いつくばって「どうか鞭《むち》打ってください」と哀願する時の自尊心も羞恥心もかなぐり捨てた悲しくも滑稽な姿を、われわれサディストは忘れないよ。表で恰好をつけて「マゾヒストは自尊心を手放さない」などと吠えるのはやめにしたらどうかね。さもなきゃもういたぶってあげないよ。親切心から御忠告申し上げる。

高貴なるサディストの会

匿名リメーラー経由の卑怯きわまりないメールです。差出人は私たちの会報を見ているようなので、いずれ反論を会報に掲載します。

全米マゾヒスト地位向上委員会

いったいどういうことなの？　あれから会ってないから確かめてないけれど、スーザンはまだ送信ミスを伝えるメールを出してくれてないのかしら？　スーザンに約束をないがしろにされたことと、三たび受け取った間違いメールに引用されている〈高貴なるサディストの会〉とやらの性的な匂いの立ち籠める文章に対する抵抗感で、メイベルの頭は沸騰した。スーザンに会ったら約束を果たしてくれるように頼まなくっちゃ。決心したものの、スーザンと顔を合わせる機会はなかなか訪れなかった。そうこうしているうちに四通目のメールを受け取った。

会員各位

前回お知らせした〈高貴なるサディストの会〉への反論を以下に掲載します。

サディストの皆様がお元気そうでいらっしゃること、まことに残念に存じます。勘違いしておられるようですが、私たちはサディストを自認するような人々を心の底から嫌い、軽蔑しております。マゾヒストがパートナーに選ぶのは、相手を自分の思い通りに支配しようとする攻撃的人格の持主ではなくて、マゾヒストの企みに加担してくれる心優しき共演者なのです。あなたがたと私たちに接点はありません。御忠告は無用です。

全米マゾヒスト地位向上委員会

メイベルはスポーツ観戦をしている時のようにわくわくしていた。このマゾヒストの人たちの、論敵の下品さに合わせることなく慇懃《いんぎん》な調子で断固として自説を主張する誇り高さ、何てカッコいいんだろう、マゾヒストが自尊心を手放さないっていうのはたぶんほんとうなんだわ。

メイベルは久しぶりに浮き浮きした気分になり、翌日本屋に行って心理学のコーナーを探し、

『性的倒錯』という本を買った。一晩で読み終えたその本は、倒錯と呼ばれるさまざまな症例の羅列に途中胸焼けしそうにもなったが、面白くなくはなかった。けれども、マゾヒストの自尊心についての記述は見当たらなかったので、いずれまた別の本に当たってみることにした。
五通目のメールはあまり間を置かず届けられた。

会員各位
〈高貴なるサディストの会〉から新たなメールが寄せられました。私たちの反論とともに紹介します。
あんたがたは鼻っ柱の強いマゾの集団なんだね。あんたたちが自分自身をどう捉えていようと勝手ではあるね。だけど、現実にわれわれにケツの孔を蹴飛ばされてヒイヒイ泣いて歓んでるマゾがいることはどう説明する？　回答はなるべくセクシーに頼むよ。
高貴なるサディストの会
サディストの皆様、私たちはあなたがたに対してセクシーにふるまう必要を認めません。お尋ねの件ですが、世の中に敏感にパートナーの意を察して即興で演技を展開してくれる名優はそうそういませんから、慢性的な共演者不足に悩んでいる私たちは、しばしばしかたなしに間に合わせのパートナーとつき合います。だからといってサディストの皆様、マゾヒストがあなたがたに全面的に屈服していると思ったら大間違いですよ。ゆめゆめマゾヒストの心理を御自分にのみ都合よく信じ込まれぬよう。

全米マゾヒスト地位向上委員会

今回の回答はやや高慢さが鼻につく、せっかく前回までは素敵だったのに、誰かが注意してあげた方がいいのじゃないかしら、ああ、もしかしたらそれはわたしでもいいのかも知れない、でも、どういうふうに書けばいいのかしら。メイベルはマガジン・ラックに差してある『手紙の書き方』を取り出して来てパソコンの傍らに置き、ハイ・スクール以来の熱心さで作文に取り組み始めた。夕方から始めて、一応の完成を見たのは午後十時近くになっていた。達成感に打ち震えたのも束の間、我に返ったメイベルは自分のやろうとしていることの滑稽さに思い及び、五時間かけてものした力作を一気に削除した。それから泥のように眠った。

二日後の夕方、メイベルは郵便受けの前でばったりスーザンと会った。スーザンはにこやかに笑いかけて来た。

「ごめんなさい、代筆のお約束、まだ果たしてないんです。」「いいんですよ。この頃はあのメールが楽しみになって来ましたから。」「わたしも会員登録して覗き見てるんです。何だか闘いが始まってますわね。」スーザンはメイベルに顔を寄せて囁《ささや》いた。「実はあのサディストからのメール、わたしがいたずらで書いてるんですよ。」メイベルは特に驚きを感じなかった。「人間は何でも演じられるんですね。ひょっとした拍子に思ってもみない役割を演じそうになる。」スーザンは頷いた。「全くそうです。」

部屋に帰ったメイベルは、あくる日訪ねて来る予定の孫のケニーのためにアップル・パイを焼いた。甘酸っぱいむっとする匂いが部屋に籠もって吐きそうになった。わたしも甘い物など別に好きじゃなかったのかも知れない、メイベルは五十四歳にして初めてそう思った。

＊　＊

何でアメリカばっかりが舞台になるの？　それと、二回も続けてSMの話題が出るのも芸がありません。善処願います。

# 4

## 第四話　トリスティーン

本や映画や絵といった見ず知らずの他人のつくったものに触れて心の調子が乱れるということが、世の中に頻繁にあるのかどうかは知らないが、トリスティーンの身に起こったのはどうやらその類の出来事だったらしい。トリスティーンが触れたのは映画で、映画といってもレンタル・ビデオだけれども、わりと有名な何とかという監督の何とかというタイトルのキャスリーン・ターナーの出ているのを、水曜の夜会社の帰りに借りて観て、その晩遅くにグラディスが帰宅した時にはもう、リビング・ルームのカウチの上でゼラチンに固められたように重苦しく澱《よど》んでいたのだそうだ。

嫌なものを観た、不愉快でしかたがない、気分が治らないと言ってトリスティーンが話して聞かせたのは、その映画の中でキャスリーン・ターナー扮する娼婦がマゾヒストの客をとって客の望むＳＭプレイをしてあげた後、まだベッドに横たわっている客に優しく話しかけると、突然客の男は激しい勢いでキャスリーン・ターナーに唾を吐きつける、続くカットではキャスリーン・ターナーが鏡に向かって化粧を直そうとしているのだが体は震え涙が止まらないので直すことができない、というシークエンスだった。確かにむごたらしい場面のようではあるけれども、観終わって何時間もたつのに不快な気分が尾を引くというほどのものともグラディスには思えず、トリスティーンが自室に引き揚げてから一人で映画を観てみたが、やはりトリスティーンがそれほど嫌がる理由が腑に落ちなかった。

翌晩もその次の晩もトリスティーンは元気がなくずっと何事か思い煩《わずら》っていて、グラディスがあのマゾヒストの客の陰険さはあんたにはよくわかるんじゃないの？と挑発すると少しむきになって、わかるけれどわたしは絶対あんなひどいことはしない、あんなふうに自分の強さや誇りを誇示する必要は感じないと答え、ああ、あんたならもっとさりげなく優雅に誇りを顕わして見せるんだったわよねとさらにグラディスが挑発を進めると、困った顔になり一呼吸置くと、あんなこと現実にはないよねえ、娼婦にはたいていヒモがいるんでしょう、娼婦にあんなことをしたらヒモが黙ってないよねえと呟き、そこまで考えて自分を慰めなければならないとはどういうことかとグラディスはほとんど唖然《あぜん》とした。

コーヒーを何杯も飲みながらじっくり話し合ってみたところ、トリスティーンとしては、第一にあの場面ではマゾヒストの誇り高さを醜悪に誇張して描いているのが公正と思えない、第二に客の男の女に対する残酷さがたまらない、もし客が同性愛で売春する方も男であったなら逆襲が怖いから唾をかけるなどということができるはずがなく、相手が自分よりも非力な女だから平気であんなふるまいに及ぶのだ、女に対する自分の肉体的優位を恥じらいもためらいもなく行使するああいう男が現実に存在するのを見せつけられると生きているのが嫌になるということで、なるほどね、それでマゾヒストでもあり女でもあるトリスティーンは二重に傷つくわけ、とグラディスは納得のことばを口にした。

するとトリスティーンは、傷つくって、これが傷ついたってことなの、へえ、わたしにも傷つくような人並みの神経があったんだ、と急にはしゃいだ声を上げ、グラディスは、このトリスティーンの口ぶりは今まで一度も傷ついた経験はないと言わんばかりだけれど、そんなわけはない、自分だって何度もトリスティーンを傷つけたはず、それなのにこんな不遜なもの言いをされると、全くマゾヒストというのは始末が悪い、では何としてでもトリスティーンが傷つきましたと認めざるを得ないほどの痛手を負わせてやろうという気にもなると一瞬腹立たしさに駆られたのだが、それはまあいつものことではある。

マチズモに対する嫌悪はグラディスも心底から覚える、しかしグラディスはマゾヒストではないのでトリスティーンの目下の憂鬱を半分くらいしか理解できない。性行為にもさしつかえるほど打ち沈んでいるのだろうかと思ってためしにベッドに連れて行くと、トリスティーンは難なく乗って来て、グラディスが唾なんか吐きつけたら承知しないわよと言うと、にやっと笑ってから酷薄な表情をつくり映画の中の男ほどの勢いではなく少量の唾を浴びせかけ、即座にグラディスが平手を頬に打ち下ろすと、顔は痛みに歪めたものの全身から歓びの気配が滲み出して来て、そんなトリスティーンを面白く可愛く思うのと同時に、トリスティーンが映画から受けた衝撃は自我を脅かす種類のものではなかったのだと、ひとまず安心したのだった。

しかしあくる日の土曜日、グラディスは午前中からトリスティーンの様子を見ていたのだが、だいたいのところは普段と変わりはないにせよ、やはりふとした時に浮かない顔で物思いに沈んでいたりして不調が続いているふうなので、他の人、ニューヨークの知り合いの中でトリスティーンがいちばん好意を寄せていると思われる、マゾヒストでレズビアンのマグノリアに意見を求めることを思い立った。ここから先は、〈ホーリー〉のバーテンダー、ジョルジョの目撃談を元にした話になる。

グラディスとトリスティーンが〈ホーリー〉に現われたのは九時半頃。最近〈ホーリー〉では全米マゾヒスト地位向上委員会の発足が話題になっていたから、トリスティーンに気がついた誰かが、へーイ、トリスティーン、あんた全米マゾヒスト地位向上委員会のメンバーなの？と声をかけると、常日頃は気に入らないことを言われると仏頂面《ぶつちようづら》で相手を見返すだけのトリスティーンが、何それ？　と薄く笑って応じたので、ジョルジョの眼には彼女はむしろ機嫌よさそうに映ったという。

グラディスとトリスティーンがチンザノをグラス三分の二ほど飲んだ時、マグノリアが店の入口に姿を見せた。〈ホーリー〉の陰語ではマグノリアのようなタイプを〈寝マゾ〉という、つまり一見するとサディスト風なのだがいざベッドに入るとマゾヒストという意味で、ジョルジョもこの凛《りん》としたアフリカン・アメリカンのレディがほんとうにベッドでは雰囲気を一変させるのだろうかと見るたびに不思議でならないのだが、もちろんマグノリアはジョルジョに眼の端で眺められていることなど知らず、グラディスとトリスティーンの所にやって来て暗褐色のつややかな顔に微笑みを浮かべた。

テキーラを一息に流し込むとマグノリアは、トリッシー、映画観て壊れちゃったんだって？　あの映画はわたしも前に観たけど別にどうってことはなかったけどね、そりゃあ気持ちよく観られる場面じゃないけどあのマゾヒストの客の気持ちもわからなくはないでしょ、事の後で得意げに優しくふるまうサド役なんて最低じゃないと溌剌《はつらつ》とした調子で喋り、マグノリアの前では姉を敬う妹のようにどことなく神妙になるトリスティーンは、父方の遺伝でいかにもアイリッシュ的といわれている緑色の瞳を伏せて、見方が一致しなくて残念と呟いた。

グラディスとトリスティーンは、グラディスが十九、トリスティーンが十七の時に知り合って、途中離れていた時期もあったとはいえもう七年にもなる仲で、グラディスは最初から一貫してサディストであったそうだから、マゾヒストのマグノリアの好き勝手な性愛談義が耳に快いはずはないのだが、トリスティーンの気持ちの整理を優先するつもりなのか、八歳年上のマグノリアを立てているのか、それとも意外に寛大なのか、マグノリアがなおも、映画とか小説とかで自分の属するグループがどんなふうに描かれようが気にする必要なんかないわよ、これはわたしじゃない、この作者はいろいろ調査して描いているんだろうけれど少なくともわたしのことは知らないって、そう思ってりゃいいんじゃないの、とトリスティーンに話すのを黙って聞いていた。

話が一段落して新しい飲み物も注文してから、マグノリアはトリスティーン越しにグラディスに眼を向け、グラディス、わたしばかりがべらべら喋っちゃって退屈した？　と尋ねた。グラディスは愛想よく、とんでもない、マ・レディと答えたのだけれども、グラディスがマグノリアに呼びかける際に時々使うこの〈マ・レディ〉という愛称はスライ・アンド・ファミリー・ストーンの古い曲からの引用で、型に嵌《は》まった黒人扱いを断固拒否するマグノリアがグラディスにそういう呼び方を許している理由を知っている者はいない。

マグノリアとグラディスが肝胆《かんたん》相照らす友人同士なのかというとそうではなく奇妙な緊張を孕《はら》んだ間柄だというのが大方の意見で、ほどなくグラディスはマグノリアに尋ねた、マグノリアはあの映画の中の男みたいに、楽しんだ後で相手を叩き斬るようなことをやってるのよね？

マグノリアは、いや、この頃はやってないのよと首を振る、二人の間にいるトリスティーンがグラディスの方を向いて、母親が死んでから憑《つ》きものが落ちたらしいのと冗談めかして口を挟むと、母親が死んだくらいじゃ落ちないけど何だか気分が変わってねとの説明、後を引き取るようにグラディスが、世界史が変わりでもしないと憑きものは落ちない？ と問いを重ねれば、そうかもねと軽く受け流す、そんな遣り取りも決して気軽なものではなかった。

　グラディスはさらに尋ねる、マグノリアは白人と白人が何をやってたってどうでもいい、知ったことじゃないって思ってるんじゃないの？ トリスティーンがちらりとグラディスの顔を窺う、マグノリアは問いの意図を推し測るようにグラディスをひたと見据えてから、どうしてそう思うの？ と逆に質問する、グラディスは用意していたように問い直す、たとえばもしあの客が黒人だったらまた別なふうに感じるんじゃない？ マグノリアは笑う、娼婦はキャスリーン・ターナーのままで？ アメリカでつくられる映画にそんな黒人の男が白人の女を侮辱する場面は絶対出て来ないわよ、グラディスは頷く、その通り、だけど、じゃあもし客が黒人の女だったら？ トリスティーンは堅くなってチンザノのグラスを見つめ、マグノリアは短い沈黙を経て一気に言った、そしたらわたしみたいな人物が映画に出て来たと思って嬉しくなるわね、わたしが役者だったらこの役をやりたかったたって思うわよ、ついでに言えば相手役の娼婦はグラディス・スミスでね。

それは光栄とグラディスは言いチンザノを飲み干す。トリスティーンはグラスの中のオリーヴを指先で弄《もてあそ》び、マグノリアはもうアルコールはほしくないのかジンジャー・エールを注文する。不意にマグノリアがグラディスに向き直る、確かにそう、白人と白人が何をやってたってわたしにはどうでもいい。グラディスは静かな表情でマグノリアの視線を受け止め、ああそうとだけ答える。グラディスを見るともなしに見ていたマグノリアがまた口を開く、今度は親しげな口調で、グラディス、いいスカーフしてるのね、くれない？ グラディスは落ちつき払って応じる、あげたいんだけどね、マ・レディ、さっき化粧室に行った時これで手を拭いちゃったし、おまけに床に落として踏んじゃったから、あげない方がよさそうね。マグノリアもいっこうに動じず続ける、いいのよ、何がついてたって。グラディスは楽しそうに笑う、じゃあ代わりにあなたが一週間履き続けた靴下でもくれる？ マグノリアの答は、靴下は毎日取り替えるからねえ、このピアスなら今週ずっとつけてるんだけど。

ピアスねえ、ちょっとよく見せて、とグラディスが頼むとマグノリアは頭を傾けて右耳からオパールのピアスをはずし、グラディスに差し出す。グラディスの指先がマグノリアの手に届くよりも早く物を摑み取ったのがトリスティーンで、トリスティーンはピアスを掌に握り込むと、グラディスに向かって言った、ピアスじゃなくってほんとうにほしいものを言えばいいんじゃないの？ ピアスを握ったトリスティーンの手は闘いの態勢で体の側面にかまえられ、グラディスの眉は曇っていた。何のこと？　不審そうなグラディスにトリスティーンは言い放つ、マグノリアとやりたいんでしょ？　いつもことばだけで戯れてるけどほんとうは二人ともお互いにやりたいと思ってるんでしょ？　やればいいじゃない。

グラディスは笑い出す、そんなふうに思ってたの？　誤解よ、だってわたしは事の後でコケにされるのはまっぴらだもの。トリスティーンの後ろからマグノリアも言う、そうそう、グラディスとは友達でいたいわね。トリスティーンは引き下がらない、だってサドマゾ抜きでやることだってできるでしょ。マグノリアがトリスティーンの肩を叩く、だからここのところ性欲ないんだってば。トリスティーンは振り返る、がマグノリアの眼を見ようとはせず、だったらどうしてグラディスのスカーフなんかほしがるの？　二人は前々から変だった、何でグラディスに「マ・レディ」って呼ばせるの？　暗褐色の手を取ってピアスを握らせたトリスティーンに、嫉妬してたの？　とマグノリアは尋ねる。どう思われたってかまわないとトリスティーンはカウンターに肘をつく。

束の間戸惑った表情も見せたグラディスだが微笑みを取り戻しトリスティーンを見下ろして言い出した、ねえ、マグノリアとやりたいのはあんたなんじゃないの？　トリスティーンは素早く首をめぐらせて断言する、その説には根拠がありません。何かおかしなことになって来たわねとマグノリアが洩らすが、もはやグラディスの耳にさえ届きはしなかった、グラディスはまくしたてた、じゃあ言うけどね、昔ラウラとわたしの間に何かあるってあんたは勝手に思い込んでたじゃない、あの時と同じよ、で、実際にラウラとやってたのはあんたの方だったわね、確か。トリスティーンは頬を染めたが口の方は勢いづいた、そうそう、ラウラの時だってグラディスはやってたんだかやってなかったんだか知らないけど、ことばではいつもじゃれ合ってたのよね、今と同じね、全く。

グラディスは一つ溜息をつくとトリスティーンの方に身を乗り出した、じゃあどうしろって言うの？　わたしとマグノリアがやったら気がすむの？　トリスティーンは答えない。マグノリアは先刻から面白い見物だというふうににやにや笑っていたのだが、グラディスの顔を覗き込むようにして言った、いいわよ、キスでもしてみる？　グラディスはゆっくりと顔を上げ、眼に被さった黄色い髪を払いのけた。不思議そうな、納得が行かないような、どこかあどけない表情だった。カムオンとマグノリアが手で招く、グラディスはふっと笑って受けて立つ気がまえを示す、二人の顔がトリスティーンの背後で近づいたその時、両方の拳《こぶし》を顎にあててカウンター・テーブルに眼を落としていたトリスティーンは、上半身はほとんど動かさないまま右の脚だけを上げてグラディスの腹のあたりを蹴った。

グラディスは蹴られた腹を片手で押え、もう一方の手でトリスティーンの手頸を摑んだ。何なの、あんたは？　怒気を孕んだ声で、どうしろって言うのかさっき訊いたわよね？　こんなにいっぱい人のいる所で痛めつけてほしかったの？　と問い詰める。そうなんじゃないの？　とのどかな声音でマグノリアが言う。トリスティーンは真赤な顔をしてグラディスの手を振り払おうとしたが、グラディスは器用に体をひねりトリスティーンの両腕を背後から取って椅子から引きずり下ろした。人眼を気にしたのだろう、トリスティーンは抵抗せずグラディスに引かれて行き、マグノリアは、最高にスウィートでダーティーな夜をねという科白《せりふ》で二人を送り出した。

その後グラディスとトリスティーンが最高にスウィートでダーティーな夜を過ごしたのか、具体的に聞いた者はいないのだけれども、これまでの話だって伝聞を元にはしているものの無関係な連中の想像もだいぶん混じっているのだから、グラディスとトリスティーンは真剣な怒りやら嫉妬やら苛立ちが込められているがゆえにいっそう情熱の昂《たか》まる性行為をしたことにしてかまわないだろう。グラディスがわざとトリスティーンにラウラと呼びかける、トリスティーンがグラディスを叩くかつねるかする、そのたびにグラディスは二倍三倍にして返す、しだいにグラディスの一方的な攻撃になりトリスティーンはぐったりと身を任せる、スウィートでダーティーな夜。

日曜日の朝のたぶん遅くにトリスティーンは体の痛みで眼を覚ます。傍らにはグラディスがまだ眠っている。それはやっぱり能動態の方が疲れるんだからとトリスティーンは思い、優しい気持ちになる。どうしてゆうべわたしはあんなに頭に来たんだろう、グラディスに甘ったるい文句を囁いてほしいわけでもないのに、愛してるとか何とか言い合ったりしたらわたしたちの関係は狂ってしまう、だいたい世間の恋人たちがやたら愛してるなんて言い合ってるのはまずほとんどが譫言《うわごと》なんだから、わたしたちには別の信頼関係がある、わたしが絶対グラディスには侮蔑の意味の唾を吐きかけたりしないと、グラディスがそれだけ知っておいてくれたらいい、きっとグラディスは知っている。そんなことを考えるともなく考えながら、トリスティーンは枕の上に広がったグラディスの黄色い髪に頭を載せる、そしてもう一度眠りに落ちる。

＊　＊

マ・シャハラザード、マ・シャハラザード、今回は甘美なお話ですことと褒めてもいいんだけどさ。人の忠告に耳を貸さないその曲がった性格が気に入らない。次こそ想を練り直してアメリカとSMから離れるように。そもそもあなたはアメリカになんか行ったことないんでしょう?

乗っちゃったからやめられないね。

＊　＊

5

## 第五話　トリスティーン（ＰＡＲＴ２）

出かける前、トリスティーンは浴室で歌っていた。トリスティーンはドライヤーをかける時にいつも歌を歌う。かけている間退屈だからだと言う。よくドアーズの『ライト・マイ・ファイヤー』をこの上なく面倒臭そうにだらだらと歌っている。しかも踊る。もちろんだらだらとした踊りである。歯を磨く時にも時折り歌って踊る。そうすると洗面台の鏡に練り歯磨きが飛び散るわけで、その飛沫《ひまつ》を見つけるとグラディスはトリスティーンを呼びつけて怒ることになる。何べん言ったらわかるの？　歯を磨きながら歌うのをやめるか、浴室を出る前に鏡を拭いておくか、どっちかにして。今日もプリンスの『キス』を歌っていたトリスティーンと入れ替わりに浴室に入ったグラディスはそう言わなければならなかった。

トリスティーンの反応は時によりけりで、素直に洗面台の下から雑巾を取り上げて拭くこともあれば、「舐めてきれいにしろって？」とどこかで聞いたような科白を口にして笑ってから雑巾を手にすることもある。「後で」と答えて行こうとすれば襟首を捉えて引き戻し一、二発ひっぱたかなければならないのだが、ひっぱたかなければならないというのはトリスティーンが幼稚な反抗をする時にはたいていそうされたがっているからで、今日はすねたような素振りで「わかった」と頷き掌に唾を吐きつけるとその手で鏡面を拭ったので、怒るべきか笑うべきかグラディスは迷ったのだけれどもとりあえず喜ばせておこうと考え、眼の前の黒い髪を摑み唾液で曇った鏡面をトリスティーンの顔でこすったのだった。小柄なトリスティーンがもがいても押え込むのは簡単で、適当に頭を揺さぶってやってから手を放すと、トリスティーンは乱れた髪の毛の間から不服げにグラディスを見上げたが、眼から力の抜けたその表情は今にも幸福な微笑に移り変わりそうな柔和なものだった。こすりつけられて少し赤くなった頰に手をあて、もう一方の手で白い曇りの広がった鏡を指差して「よけい汚れたみたいだけど誰がきれいにするの？」と尋ね、無言のグラディスの顔色を読むと「それはわたしかも」と呟き雑巾を取るために身をかがめた。

ニューヨークに住み始めてからトリスティーンは明るくなったとグラディスは思う。ロサンゼルスにいた頃はもっと口数が少なかったし、アルコールもドラッグもやらずに一人踊るなどということはなかった。よほどニューヨークの水が合ったのか、嫌っていた腹違いの二人の姉や義理の母と離れたのがよかったのか、単に生活習慣の変化のせいなのか、あるいはトリスティーンよりも一年遅れてニューヨークに移って来たグラディスと再会するまでに、トリスティーンを変えるような出来事があったのか。バー〈サード・プレイス〉で一年と何箇月かぶりにトリスティーンの噂を聞いた時、この懐しいガール・フレンドが一部で〈尊大な足拭きマット〉と渾名《あだな》されているのを知った。それは全くグラディスの知るトリスティーンにぴったりの渾名で、そんな渾名がついているからには再会さえすればトリスティーンはきっと自分のもとに帰って来るとグラディスに確信させ、事実その通りになったのだったが。

エディ・フォスターはくすんだ感じの金髪で背は高くないし足も標準よりいくらか短いようだったが、鍛えられた厚みのある体をしていて顎の先に割れ目の入った精悍な風貌で、マグノリアから常々聞かされていたほど冴えない男には見えなかった。そして、メキシコ料理のレストランで向かい合ったグラディスとトリスティーンを見る眼がとても優しかった。トリスティーンに「きみはカナダ出身なの?」と訊きトリスティーンが「いや、旧大陸の方」と答えると、「フランスか。ぼくはわが国の黒人音楽に対するフランス文化の影響にすごく興味があるんだ」と言い、マグノリアに「ごめんね、この人、黒人音楽についてしか喋れないのよ」と口を挟まれると、わざと暗誦するように「かつてのフランス植民地であるルイジアナにジャズが発祥し、独特の風味を持つリズム・アンド・ブルースが育まれ、さらにフランス系カナダ人の移住者のもたらした音楽との融合からザディコが」と語ってにっこり笑う。「あんたみたいなのを日本じゃオタクっていうのよ」とマグノリアは呆れて見せるが、エディに心を許し寛ぎきっているのは傍目《はため》にもたやすく見て取れる。

コロナをあけドス・エキスをあけるうちに話はマグノリアとトリスティーンが知り合った時のことになる。「初めて〈サード・プレイス〉で話した時には親に変な名前をつけられた者同士ってことで意気投合したんだけどさ、二度目に会った時にはこの娘憎らしくって、『わたしは少なくとも実の親には適切な愛情を注がれて育った』とか言うもんだから、『そういう言い方をするんだったら話したくない』って言ったのよ。そしたら『オーケイ』って答えて離れて行ったんだけど、見てると壁際の簡易ソファーに腰かけて三十分くらい誰とも話さないでぼうっとしてるじゃない。だから寄ってって『あんた、友達いないの?』って訊いたのよ。そしたら『一人もいない』ってことだったから、友達になってあげることにしたの」マグノリアはそう話し、トリスティーンは照れ臭そうに「概《おおむ》ねその通り」とうべなう。トリスティーンが明るくなった原因の何分の一かはマグノリアにあるのだろうとグラディスは想像する。

「きみたちはどうやって知り合ったの?」とエディがグラディスとトリスティーンに尋ねる。

グラディスは答える、「この娘はブック・スタンドで新聞売ってたのよ。わたしはよくそこで新聞買ってたのね。で、たまたま本屋で会ってね、ベロックの写真集を見せてあげるって言ったらうちに来たんだけど、たかだか十七の高校生のくせに気に入らない写真家の写真を見ると『メルドゥ、メルドゥ、メルドゥ!』って罵倒の嵐、何て生意気なんだろうって思ったわね」、エディが質問する、「メルドゥって何だっけ?」、マグノリアが教える、「クソよ。あんたは昔からフランス語、苦手だったわよね」、エディは純朴な表情でトリスティーンを見て尋ねる、「そんなに生意気な性格なのにマゾなの?」、ユーモラスなまでの率直さにグラディスは思わず吹き出し、トリスティーンはエディの純朴さが乗り移ったかのように「ほんとはそんなに生意気でもないんだけど、そういう役回りなの」と大真面目に弁明する。

チーズのたっぷり入ったタコスは胃にもたれる。四人はデザートはとらず、コーヒーだけを飲んでいた。トリスティーンは絶好調だった。「七年もつき合ってるっていっても、わたしはカリフォルニアを出た段階でグラディスとは終わったって思ってたの」、マグノリアが尋ねる、「でもニューヨークで待ってたんじゃないの? グラディスに捕まえられるのを」、「グラディスがニューヨークに出て来るとは思ってなかったもの」、「だけど、正式に別れ話をしてたわけじゃないんでしょう?」、「そうだけど。でも、もしニューヨークでグラディスに会ったらカリフォルニアまで蹴飛ばしてやるつもりだった」、「何でまた?」、「だって憎たらしいから」、グラディスも加わる、「わたしだって別にトリスティーンを追っかけて来たんじゃないわよ。ニューヨークの友達に仕事に誘われたから来たんだから」、「だけど結局よりを戻したんじゃないの」とマグノリア。

トリスティーンがどんなひねくれた答を口にするかグラディスは楽しみにしていた。しかし、トリスティーンは答えなかった。そのかわり、グラディスと並んで腰かけた二人掛けのベンチの上で、不意にグラディスの方に腰をずらせた。というのは甘い雰囲気を出そうとしたのではなく、ゴキブリが一匹壁面に現われトリスティーンの方に進んで行ったからである。トリスティーンはゴキブリが大の苦手だった。もちろんトリスティーンはゴキブリよりも強いので叩き殺してしまうのだが、叩き殺すまでに動揺を鎮め恐怖を克服し勇気を振り絞り決心を固めるという一連の段階を経なければならず、その過程での表情や動作の移り変わりを眺めるのが面白くて、グラディスはゴキブリなど怖くもないが決してトリスティーンの代わりにゴキブリを退治してやろうとはしないのだった。

トリスティーンはバッグから〈ニューヨーク・タイムズ〉を取り出して握り締めた。だが、体はいまだ恐怖に強張り上半身はゴキブリから遠ざかろうとして宙に泳いでいる。一方ゴキブリは油をくぐって来たようにてらてら光る赤茶色の平べったい体を壁の一点に止め、二本の触角だけをぐらぐらと揺り動かしている。「あ、それ子持ちだわ」、マグノリアが指差した。「えっ?」、トリスティーンはぎくりとして上半身をいっそう壁から離す。が、眼はゴキブリから離さず吃りがちに確かめる、「あの横腹から出てる筒みたいなのが?」、マグノリアは頷《うなず》く、「そう、あそこに何百も卵が詰まってて、下手に叩くと卵が空中に飛び散って、それを吸い込んだりしたらあんたの体の中で卵がかえって……」、最後まで聞かずトリスティーンは腰を完全に浮かせてグラディスの腕を摑んだ、「場所替わって」、「嫌よ」、グラディスはにべもなく答え肘《ひじ》でトリスティーンを押し遣る、「頼むから」、声の裏返ったトリスティーンは強引にグラディスの膝を跨《また》ごうと足を上げる、その足をグラディスは押し止める、「嫌だって言ってるでしょ」。

騒ぎを鎮めたのはエディだった。テーブルの上の紙ナプキンを取り上げるとゴキブリの居場所を見定め、マグノリア越しに長い腕を壁に伸ばしぐいと押しつける。腕を引いた時にはもうゴキブリはいなかった。エディは丸めた紙ナプキンを床に捨てた。座り直して溜息をついたトリスティーンは、感激の面持ちでエディに「今一瞬あなたに恋しました」と言う。エディは鷹揚な微笑を浮かべ「嬉しいよ」と応じる。マグノリアはくすっと笑いを洩らすと「喜びは卵を持ったゴキブリを見つけて潰すこと」とひとりごちる。「ビリー・ホリデイにそういう歌詞あったっけ?」、エディの問いに「詩よ、ニッキ・ジョヴァンニの」と答えて組み合わせた手の上に顎を載せたマグノリアの頭にはどんな想念が拡がったのだろう、とグラディスは考える。

エディはこの週末マグノリアの部屋に泊まっているそうで、二人は一緒にタクシーに乗って消えた。グラディスとトリスティーンも二人の部屋に帰る。リビング・ルームでトリスティーンが絡み始める。「わたしを追っかけてニューヨークに来たんじゃないんだって？」、「だからそう言ったでしょ」、「でも、〈サード・プレイス〉で先に声をかけて来たのはグラディスじゃない」、「それが何だって言うのよ、『うちに来ない？』って誘ったらあんた尻尾振ってついて来たじゃないの」、「あれは騙されてたの、だってグラディスは声をかけて来た時『わたしエスターっていうんだけど、あなたは？』なんて言うんだもの」、「それを信じたんだとしたらよっぽど記憶力が悪いのね。あんたなんか『わたしはアニタ・ブライアント』なんて答えたのよ、しょうがない奴って思ったわよ」。

グラディスとトリスティーンはエスターとアニタとして再会し、数時間はエスターとアニタのままだった。トリスティーンがいつまでもエスター、エスターと呼び続けるので、グラディスはついに「ほんとうにわたしを忘れたの？」と訊いた。トリスティーンは眼を逸《そ》らして「憶えてる、グラディス・スミス」と笑った。グラディスがキスしようとするとトリスティーンは俯《うつむ》いてよけた。「何だか恥かしい」と言うのだった。グラディスは逃げるトリスティーンをフラット中追いかけまわして、やっとの思いで腕の中に収めた。グラディスにとってトリスティーンは誰よりも面白い相手だった。

グラディスは言った、「真面目な話ね、わたしはあんたが『ニューヨークに行く』って言ってロスを離れた時、ああは言ったけどほんとうはどこへ行ったものやらって考えてたのよ、生まれた国に帰ったかも知れないし、もしかしたら……」、そこではたと気づいて口を噤《つぐ》むとすかさずトリスティーンが突っ込む、「もしかしたらどこ？」、ラウラの行ったイタリアへなどとは言えない、グラディスは話を逸らした、「それよりトリスティーン、ニューヨークでわたしに会ったらカリフォルニアまで蹴飛ばすつもりだったんだって？」、「そうそう、わたしなんかニューヨークに来てゴキブリを見かけるたびにグラディスって名前をつけてね、名前を呼んでからぶち殺してた」、その科白にはむかっ腹が立ちどうしてやろうかと思ったのだが、行動に出るよりも先に、壁際の床にさっきレストランで見たのよりも大きく黒光りしたゴキブリが這っているのが眼に入った。グラディスは笑いながらゴキブリを指で示した。

トリスティーンはボールのように跳び上がった。「ああ、グラディスが」と憎まれ口を叩きながらマガジン・ラックから〈ニューヨーク・タイムズ〉を取って丸めたものの、腰は引けてよろよろしているし新聞をかざした腕には力が込もらず上がったり下がったりしていたから、グラディスにはおかしいだけだった。「グ・ラ・ディィィス！」と叫びながらばたばたとゴキブリを仕留め、顔をそむけながら死骸をガム・テープに貼りつけて持ち上げたままでは、愉快に眺めていられた。しかし、ゴミ箱に死骸を投げ入れる時に嫌みたっぷりに「アデュー、グラディス」と言ったのには我慢がならず、腕を伸ばしてトリスティーンを捕えようとしたのだが、トリスティーンはひょいとよけてゴミ箱の蓋を開け、「あれ、グラディス、こんな所にいたの」と死んだゴキブリに呼びかけた。あまりのしつこさに笑いたくはなったけれども、強いて憎らしいという思いを掻きたてると、グラディスは自分もマガジン・ラックから〈ヴィレッジ・ヴォイス〉を摑み上げまだゴミ箱を覗き込んでいたトリスティーンの頭に背後から振り下ろした。

頭を押えて振り返ったトリスティーンに宣告する、「今度はあんたがゴキブリ役よ」、髪を摑んで床に引き倒し、頭や背骨等危険な所は避けて安全な場所だけに丸めた新聞を打ち降ろす、打ち降ろす、打ち降ろす、トリスティーンは「痛い」と悲鳴を上げ「何か違う、公平じゃない」と不平を鳴らしたが、本心は不満であろうはずはなく、おとなしくなった体に掌で触れると熱く柔らかくできたてのカスタード・クリームのようだった。「ゴキブリはガム・テープで拾い上げるんだっけ？」、そう言ってガム・テープでトリスティーンを床に貼りつける。腕は体の側面に固定し、足頸も動かないように貼る。「カリフォルニアどころか太平洋の真ん中にでも蹴飛ばしとけばよかった」、トリスティーンのことばにかまわずその背中に足を載せる。〈尊大な足拭きマット〉、トリスティーンの渾名を声には出さず口の中で繰り返す。

「トマト・ケチャップ」、トリスティーンが言う、「マヨネーズ、サウザン・アイランド、ホット・ドッグ」、これらはみんなトリスティーンの嫌いな物で、トリスティーンにとってはこうしたことばが英語の最大の罵倒語なのだった。「コーラ、ハンバーガー、ディズニー・ランド、ハリウッド・ブールヴァード……」、「そろそろ黙ったら? マイ・スウィート・コックローチ」、グラディスはトリスティーンを軽く蹴る、「マイ・スウィート足拭きマット、マイ・スウィート・トイレット・ペーパー、マイ・スウィート便座」、これらはグラディス流の心を込めた呼びかけである、「マイ・スウィート靴底の革、マイ・スウィート耳掻き、マイ・スウィート洗濯板……」、一度トリスティーンの背中を踏みにじっておいてグラディスはシャワーを浴びに浴室へ行く。

いつの間にかわたしたちの官能の交わりはスラップスティック・コメディみたいになっている、とグラディスは顧みる。ロサンゼルス時代はもっとシリアスだった。グラディスは時々やり過ぎ、トリスティーンは泣いた。ニューヨークで交わりが復活してからは、トリスティーンがスラップスティック・コメディを先導し、グラディスが受け入れる。マゾヒストに先導を許すわたしは、何とかいうフランスの思想家の考察に従えば純粋なサディストではないのだろう。別に純粋なサディストでありたいなどと願ったことはないけれど。

シャワーをすませ顔の手入れをしていると、体にガム・テープをつけたままトリスティーンが入って来る。腰のあたりのガム・テープの端を指先でつまんで、グラディスのまとったバス・ローブの表面にそっとぶつけるような仕草をする。それから内気そうに微笑んで出て行く。思わず引き止めて抱き締めたくなる。スラップスティック・コメディを演じるわたしたちのこの心の余裕はどこから生まれたのだろう、とまた考える。ラウラが姿を消したからだろうか、いや、そうは思いたくない。

ニューヨークに来てから見たいちばん美しい光景をグラディスは思い浮かべる。あれは、曇ってはいるけれど薄雲を通して太陽の光が大気に淡く満ちた穏やかな春の日だった。グラディスとトリスティーンは公園を歩いていた。トリスティーンは公園に出かける時にはいつもパンを持っていて、ベンチでワインを飲む間も鳩にちぎったパンを投げ与える。池のほとりでも小さく丸めたパンの白い部分を鴨に与える、が、そのうちに言い出した、「動物と遊ぶのに餌をやることくらいしかできないなんて」、グラディスは訊いた、「何をして遊びたいの？」、「撫でたい、じゃれ合いたい、顔を憶えてほしい、呼べば寄って来てほしい」、「犬や猫じゃないと無理ね」、「せめてついて来てほしい、並んで進みたい、わたしは池のへりを歩いて、鴨は水の上を滑って」。童話じゃあるまいしと言おうと振り向き、残り少なくなったパンの白いところを一心にむしっているトリスティーンの向こうに見えたものにグラディスの胸は高鳴った。グラディスはトリスティーンの腕を叩いて見るように促した。一羽の鴨がトリスティーンの後をついて泳いでいたのだった。勘違いではなかった。その鴨は見つめても怖がらず、二メートルは二人と一緒に池べりに沿って進んだのだから。

トリスティーンが明るくなったのはニューヨークが束の間見せたあの美しい光景のせいだ、とグラディスは信じることにする。

＊　＊

思い出した、トリスティーン＝トリスティーヌって、あなたが高校の時に考えたキャラクターじゃないの。あれから二十何年か、ずっとこのキャラ練ってたの？　まあ、昔からしたら随分練り上げられてはいるけれど、二十何年も発想や感性が変わらないのはどういうわけなんでしょうか、ベイビー。

オー・イェー、よく思い出したね、オールド・ベイビー。

＊　＊

# 6

## 第六話　トリスティーン（PART3）

「性行為は自分がやるのは気持ちがいいが、人がやっていると気持ちが悪い」というのは、トリスティーンが考えついた警句である。意味は文字通り、誰も他人の性のファンタジーを満たすために性行為をするわけではないのだから、他人のしている性行為が気持ち悪く感じられるのは自分と他人の好みが同じではない以上ごくありふれたことだし、また自分と自分の相手のしている性行為が他人にとっては気持ちの悪いことであっても全く差し支えはない、ありていにいえば「他人の性行為は基本的に気持ちの悪いもの」ということだ、とトリスティーンは頭の中で誰にともなく語りかけ、さらに空想上の議論を進める、当人たちにとっては美しく気高く愛と優しさに包まれた性行為でも他人がそこに滑稽さや奇怪さを見出すのは簡単なことで、けちのつけようのない性行為なんておそらくこの世のどこにもなく、みんなそれぞれ気持ちの悪いことをやっているのだから、お互いに「あんたのセックスは気持ち悪い」などと言い合うべきではない、「ですからたとえわたしのやっている性行為があなたにとっては悪夢だとしても気にしないでいていただければ幸いです」。

トリスティーンは考えついた警句をグラディスに話す、話しているうちに自然に力が入り「ほら、男と女がピアノの上でセックス始める映画があったでしょう、いつかテレビでやってたやつ、何でピアノの上でセックスしなきゃいけないのかって思うんだけど、やたら思い入れたっぷりでロマンティックな撮り方だったじゃない？　撮る側はピアノの上でのセックスがロマンティックで刺戟的だと思ってるのよね、でも撮り手がそう思って撮ってることも含めてひどく安っぽいとしか感じられなかった。ああいうのが同じ趣味を持ってない者には滑稽に見えるセックスのいい例よ」と熱弁をふるう恰好になったが、グラディスの方は冷静で「はいはい、あんたはピアノの上より便器の上がいいのよね」と茶化す。トリスティーンは憮然として「便器の上でやったことなんてない、やりたいと思ったこともない」と反駁《はんばく》するが、続けて「あ、でも、今想像してみたら結構いいような気もする」と口走る。「ほんとはやったことあるんじゃないの？」と手にした本に眼を落としたままグラディスは言う。

別に断固として主張するほどのことではないが、トリスティーンはほんとうに便器の上で性行為をした経験はない。グラディスとしたことがないのはもちろんラウラともしていない、ラウラとトリスティーンがどんなことをしたかグラディスはトリスティーンから聞かなくてもだいたいわかっていて、またラウラもグラディスとトリスティーンが主にどういうことをしていたか知っていて、それは当て推量なのかグラディスとラウラがトリスティーンのいない所で情報を交換し合っていたためなのか、いずれにせよグラディスとラウラは人前ではよそよそしいのに妙に通じ合っていたので、トリスティーンは二人はありきたりな間柄ではないと確信し、そういう二人の間にいる自分はいったい何の役柄を担わされているのかと思案せずにはいられなかったのだが、話を本筋に戻せば、要するにグラディスが疑うとしたらニューヨークに一人でいた時期にトリスティーンがグラディスの知らない相手とそういう行為をしたのではないかということである。

確かにトリスティーンはニューヨークで何人かの女と性行為を持った、ラウラとの時と違ってグラディスはその時期のトリスティーンの経験には大して興味を示さない、どうして相手がラウラだと気にかけるのかと考えるとトリスティーンはまたじりじりするのだが、その件はいくら訊いてもはかばかしい答は返って来ないのでグラディスの本心を知ることはもうとっくに諦めている、ちなみにラウラもグラディスとの間に何があるのか決して言おうとしなかった、それはそれで結構で、トリスティーン自身もニューヨークでの性経験をグラディスに知らせたいとは思っていなかった。振り返って楽しいことはあまりない、そもそも欲望からというよりは、グラディスとラウラ以外の者と素肌を合わせたことがなかったから知見を拡げたいためにためしていたのに過ぎないのだ。

そう楽しくはなくても知見は拡がった、さすがはニューヨーク、さすがはアメリカ、トリスティーンが亡父の遺言を守って大学を修了すると待ってましたとばかりにロサンゼルスを出て、どこへ行ってもよかったのにこの国を出なかったのはアメリカの大都会では他の国、他の土地よりも性行為の機会が多いだろうと踏んだからで、といっても何人かと一晩かそこらつき合っただけだけれども、アメリカン・セックス、アメリカン・セックス、カジュアルでチープでヴァラエティに富むアメリカン・セックスと全世界に喧伝されているだけのことはある、内容が期待通りだったかどうかは別にして、ともあれありがとうアメリカン・セックスと口に出せば身持ちの堅いアメリカ人には嫌われるに違いない感想をトリスティーンは抱いたのだった。

記憶に残るアメリカン・セックスその一。ごく初期の間違い。たぶんサディストだろうと見込んだ相手がものやわらかな愛撫ばかり続ける、その愛撫というのが執拗でものやわらかなのにどこか押しつけがましくて、同じ所を長々と撫でられているとだんだん刃先の鈍ったナイフで皮膚をこする拷問を受けているような気がして来て、こういうやり方は好みじゃないと伝えるとじゃあどういうのがいいのかと訊くので、思いきりよく打つなり噛むなりしてほしいと言ったら、自分はサディストなんかじゃない、SMは人間の尊厳に対する侮辱だから大嫌いだ、帰ってくれと夜中なのに有無を言わさず追い出され、トリスティーンの方では、あんたのセックスは絶えず「これが優しさの表現です」と宣言してるみたいで政治的に正しいつもりなんだろうけど、実際のところは想像力不足でひとりよがりだと言い捨ててやりたかったのだけれども、黙って帰った。

アメリカン・セックスその二。事前に趣味を確かめ合った相手と。この相手はやたらにいばっていた、ああしろこうしろと命令ばかりした、ニュアンスに乏しい直接的な命令ばかり、たとえば跪《ひざまず》けと命じる、跪くのはいっこうにかまわないけれどもそうさせたいなら方法はいろいろあるだろうに、ただひとこと命じられて跪いたら跪く者は馬鹿みたいだし跪かせた方も馬鹿に見える、しかしまあいいかと思って照れながら跪いたら笑うな、不真面目だと怒られた、だってどうしてとか何とか抗弁すると喋り過ぎだと鞭《むち》が飛び、腹が立ったのでトリスティーンもやめろと命令して口論が始まった、あんたなんかマゾじゃないと相手は決めつけ、あんたに決めてもらわなくて結構とトリスティーンは言い返し、騒々しいだけの夜になった。

アメリカン・セックスその三。薬剤師だといったあの相手とのことはいちばん思い出したくない、あれは人の嫌がることを無理矢理するのを楽しむ強度の変態でトリスティーンの体にタバスコを振りかけたりした、事に入る前に勧められたボルドーに何か盛られていたらしく抵抗しているうちに朦朧《もうろう》として来て、もう帰ると宣言したらどうぞどうぞと言うので力を振り絞って服をつけ始めると、薄笑いを浮かべて眺めていて最後まで着終わったところで突き倒してせっかく着た服を取り去り、トリスティーンがまた必死で服を着て玄関まで行くと笑いながら寝室まで引きずり戻して裸にする、そういうことを何度も繰り返し他のやりたいことも好き放題にやった、こうしてことばだけを並べてみると素敵な思い出であってもよさそうなのだが現実はあまりにおぞましく、嫌な女だったというしかない。

どうして首尾よく運ばないのかしばらくの間トリスティーンは疑問だった。どうやら自分にはワン・ナイト・スタンドの性行為は向いていないらしい、出会っていきなりその晩にでは互いの嗜好も充分にはわからないし互いに望ましいかたちを見つけるにも時間が足りない。マグノリアに意見を訊いてみたら、細かい部分の違和感はお互いに頭の中で都合のいいように加工して調整しとにかく楽しむことを主眼とするのだという、そうかと思ってアメリカン・セックスその四、その五、その六……と試みを続けてはみたが、やはり上々といえる結果は得られないまま、気がつけば〈尊大な足拭きマット〉とかいう渾名を冠せられていた。

不首尾なアメリカン・セックスから翻ってグラディスとのことに思いを遣れば、最初から面白かった、ラウラともそうだったけれど、グラディスがトリスティーンの初めての性の相手で、当時二歳年上の大学生だったグラディスに声をかけられて話すようになって、二箇月くらいするとこの人はきっとレズビアンでサディストの気もあると察しがついたからいつ誘いをかけられるかトリスティーンは何も知らないふりをして心楽しく待ち受けていた、けれどもグラディスはなかなか事に及ばないのである時グラディスの家で単刀直入に尋ねてみた、「あなたレズビアン？」、若干の間をおいてグラディスが逆に訊き返す、「あなたは？」、トリスティーンは「セックスなんか興味ない」とせせら笑って大嘘をつく、「やったことあるの？」とグラディスが尋ねる、「やらなくてもわかる」とまたまたトリスティーンは大口を叩く、グラディスは顔をしかめて「あんたってほんとうに生意気なガキね、犯してやりたいくらい」と吐き捨てた、すかさずトリスティーンは思いきり馬鹿にした口調で「へえ、面白いねえ、どうやって犯すの？　やって見せて」と挑発し、グラディスはそうした。

そんなふうに最初の時からグラディスとトリスティーンは、なるべく自然にSM性行為に入って行けるように芝居の台本のような科白を遣り取りしていた。グラディスはサディストではあるけれどもただ腕力がふるえればいいというタイプではない、SM行為に入るにはきっかけ、理由、筋道が必要で、だから二人で即興の台本を作る、一方が提示した台本をもう一方が了承してふさわしい科白を返せば事態が進行して行く、多くはトリスティーンが何か憎らしいこと、ふざけたことを口にしてグラディスがそれに乗じる。何度目かの時グラディスがロープを持ち出した、トリスティーンは笑ってしまって「やっぱりそういうの使う?」と訊くと、グラディスは「そう、使うの」と答えて自分も笑い出した、グラディスは決して笑うなと怒ったりしない、縛られたトリスティーンは「さあ、どうするの?」と尋ねる、グラディスが「どうしてほしい?」と問う、トリスティーンは戯れに「音楽かけて、踊りながら一枚ずつ脱いで行って」と要求する、グラディスは「何言ってるのよ」と言ってトリスティーンを打つ。成り行きは決まっているとはいえ、そこに至るまでにどのような変化をつけるか、グラディスもトリスティーンも絶えず考えていた。

トリスティーンは当時自分のことを幸せだとは少しも感じていなかったけれども、今思えば幸せだった、グラディスとの性行為に夢中だった。トリスティーンはアイルランド系アメリカ人の父親がパリでフランス人の母親に孕ませた子で、十四歳の時に母親をなくし父に引き取られてアメリカに来た、以後トリスティーヌではなくトリスティーンと呼ばれるようになった次第、父の家にいたのは父の正妻と腹違いの不細工で意地の悪い姉二人、この二人が家でトリスティーンをつねっては父親に言いつけたら承知しないと脅すので、トリスティーンは夕食の時にこいつらがいじめると姉たちの面前で堂々と言いつけてやった、父はトリスティーンが家の者たちから独立して生活できるように庭に離れを建ててくれた、そんな父も二年後に他界、学校の連中とも気が合わず、ふてくされてひたすら大学を終え自由と遺産の取り分を得るのを待ち焦がれる日々、グラディスがかまってくれたのはとても嬉しかったはずなのだ。

グラディスは本質的に優しい人間で、性的な場面で暴力的になるのも優位に立ったりとか全能感を味わおうとするのではなく、たぶん相手を慈《いつく》しみたい、かまいたいという感情が過剰に表現されるからだろうと、今のトリスティーンは素直に理解している。もともとグラディスとは波長が合った、境遇も似ているといえば似ていた、グラディスはいわゆるＷＡＳＰの崩壊家庭の娘、両親は不仲でグラディスはどちらの親も好きではなく、グラディスが高校の時に父親は新しい女のもとへ去り、母親は母親で次の男を見つけて再婚し元の夫の残したグラディスと住む家に招き入れようとした、グラディスは冗談じゃない、自分がこの家に住むからあんたたちはよそで家庭をつくれと言い、長い交渉の末に要求を通して一人で暮らしていた。トリスティーンが「理想的な環境ね、邪魔者は残すべき物を残して消えてくれて」と言うと、グラディスは愉快そうに微笑んだ。

グラディスはトリスティーンを知って幸せだっただろうか。少なくとも、かねがね頭の中でやりたいと願い続けていたことを実行できたのは幸いだっただろう。たとえば最初の時、グラディスは犯して見せてというトリスティーンの挑発を受けて、トリスティーンの顔をひっぱたくとトリスティーンの着ていたシャツを頸まで引っぱり上げ視界を奪い両手を使えなくし、次にズボンを膝下まで下ろして脚を拘束したのだが、そうした手順はあらかじめ考えていなければ咄嗟《とっさ》に思いつくものではないと思う。グラディスがトリスティーンにした諸々のことは、相手がトリスティーンだからこそ楽しめることだったのか、あるいはやれるなら誰でもよかったのか、それはわからないが別にこだわる気持ちもなく、グラディスのやることをトリスティーンも喜んだ。

自分のマゾヒストとしての欲望がいつどのようにして芽生えたのかというところには、トリスティーンは興味がない。十代の頃はたいていの人はサディストかマゾヒストなのだろうと信じていたので悩みもしなかったし、エミリ・ディキンソンの「恍惚の瞬間には必ず痛みを支払わなければならない」という詩の一節を読んでディキンソンをマゾヒストだと思い込み、ある時荒々しい行為の合間に「あんたはどうしてこんな変態になったの？」とからかうグラディスに応えてそれを口ずさんだら、グラディスは「こんな場面で引用されたらディキンソンが泣くわよ」と言うのでぽかんとしたものだ。グラディスは本棚からディキンソンの詩集を取って来て、いくつかの詩を朗読して解釈し詩人の生涯についても教えてくれた、トリスティーンは縛られて床に転がったまま耳を傾け感銘を受けた、そんな心温まる思い出もある。

事情がややこしくなったのは、グラディスと同じ大学の同じ科に進んでラウラと会ってから、初めトリスティーンはグラディスとラウラは仲が悪いのかと思っていた、しかしやがて二人は同じ高校出身でかつては非常に仲がよかったというまわりの話が耳に入り、以前何があったのか白状させようとグラディスとラウラを別個に問い詰めているうちに、ラウラともきわめて親密になった、というと見境のない尻軽のようだが、グラディスもラウラもそういう展開があり得ると三人が会った時から予測していて、ことにグラディスにはけしかける気配があったとトリスティーンは思う、第一グラディスに愛しているとかその類のことばを囁かれたことはなく、グラディスがそういうことを言わないなら自分も絶対言うまいとトリスティーンは心に決めていたのである。

ラウラはイタリア系で、性関係を持ってみてわかったのだが、甘く優美な外見とは裏腹にやはりサディストの側に立つ、これではかりにグラディスと惹かれ合っているのだとしても恋人同士になるのは無理かも知れないとは思った、グラディスよりは当たりがやわらかく、グラディスがトリスティーンを打楽器のように打ち鳴らすとすれば、ラウラは粘土細工のようにこねて変形させる。トリスティーンとグラディスとラウラは隠微な三角関係に囚われて、性行為は確実に楽しんだけれども三人ともいつも心のどこかで腹を立てていた。緊張が最高調に達した時最初に脱けたのはラウラ、彼女は祖先の国へと旅立ち、残されたトリスティーンとグラディスも二度と初期の蜜月状態には戻れなかった。それでトリスティーンは一人ニューヨークに出た。

ニューヨークでグラディスと再会して、やっぱりグラディスがいちばんいいと感じて一緒に暮らし始めて、今のところラウラのような人物が加わることもなく一対一でつき合っていて、他の女とどうにかなる気はトリスティーンにはなく、グラディスもおそらく西海岸の方であれこれためした結果トリスティーンを選んだのだろうし、二人は目下第二の蜜月状態にある。グラディスに飽きられないように、グラディスに棄てられないように、トリスティーンは毎日頭を使う、笑わせたり少し怒らせたり何か意表をつくような言動を示す、即興の台本作りには磨きがかかり、グラディスもトリスティーンの意向に敏速に応え、グラディスに続けざまに打たれている時などにすんでのところでトリスティーンは、グラディス、グラディス、グラディス、愛してると言いそうになる。

ロサンゼルスの大学時代、わりと仲のよかった同級生にうっかりして手頸のロープ跡を見られてしまって、「それが愛なら汚ない愛ね」と言われたことがあり、トリスティーンは口には出さなかったけれど「汚なくて上等」と思った、少しも汚ない所のないものなんて信用できない、どちらかといえば塵一つ落ちていない道よりは犬の糞でも落ちている道を歩きたい、そういう性分だからトリスティーンはニューヨークで替え歌を作った。

グラディスは陽のあたる街L.A.から来た
毎日人の頭を踏みつけながら

それがまさに彼女のいつもの道
友達に会うたびに彼女は言う
ヘイ、ベイブ、汚ない側を歩くのよ
ヘイ、ハニー、汚ない側を歩くのよ

グラディスに聞かせたことはない。一人で歌っている。

＊　＊

ルー・リードね、もっとましな替え歌を作れ、ということはさておいて、同い年のあんたにオールド・ベイビーなんて言われたくないわよ、ファッキン・ベイビー。今回の作品についてはあえて何も言わないけど、後で質問状を送るから答を書き入れて返して。

# 7

## 質問状

質問1　思いつくままに訊いて行きます。これまでにあなたの小説を六作ばかり見せてもらい、あなたという人物について認識を新たにするところは多々ありましたが、いちばん意外だったのはあなたが人の要望も無視して、執拗にアメリカ合衆国を舞台にした話を書き続けていることです。いったいいつからこんなにアメリカが好きになったのですか？　高校の頃あなたはアメリカが大嫌いで、「底の浅い国だ」とか言って、頭からバカにしていたのではありませんか？

答1　ご丁寧なことば遣い、恐れ入ります。確かにわたしは今のところアメリカを舞台にした話を書き続けていますが、決してアメリカを好きになったわけではありません。大学に入ってからアメリカの黒人音楽を聴くようにはなったけれど、相変わらずあの国は野蛮で攻撃的で独善的に思えて不愉快です。ただ、嫌いだけれど興味深いところはやっぱりあるから、わたしにとって面白い部分だけを勝手気ままに採り上げて遊んでいるだけで、憧れだとか敬意だとかを抱いているわけじゃ全然ありません。誤解なきよう。

**質問2　質問1と関連しますが、私の知る限りあなたはアメリカに行ったことはないし、アメリカ人の友達もいません。ついでに言えば、英語だって話せないでしょう。あなたのアメリカについての知識はすべて本や映画その他の資料によるもののはずですが、現実のアメリカに触れたことがないにもかかわらず、アメリカを舞台にした小説を書いてもいいものでしょうか？お考えをお聞かせください。**

答2　わかってて訊いてるんだろうけど、わたしが書いているのは資料を元に想像力ででっち上げた〈仮想アメリカ〉であって、〈現実のアメリカ〉を描こうという意図は露ほどもないです。わたしは東洋人がアメリカに行ったらすぐに殺されて道端に捨てられると信じているので、〈現実のアメリカ〉に触れたいなどとはとても思えません。日本では世界中のどの国の情報よりもアメリカの情報が大量に出回っていて、その気はなくともアメリカに関する知識が身についてしまうのですから、日本人が知らず知らずのうちに頭の中で〈仮想アメリカ〉を育んでしまうのは自然なこと、しかたのないことではありませんか？〈現実のアメリカ〉に触れようともしないで〈仮想アメリカ〉を弄ぶのは〈現実のアメリカ〉に対して失礼だというご意見もあるかも知れませんが、わたしの書いた小説をアメリカ人が読むことはあり得ない、いや、それどころかあなた以外の人が読むことはあり得ないのですから、気遣いは無用でしょう。それと、わたしはあんまり英語はできないんだけど、前回のルー・リードの替え歌、英訳するとちゃんと脚韻踏んでるのに気がついてくれた？

**質問3　あなたの造型したトリスティーン＝トリスティーヌという人物についてお尋ねします。この人物はあなたが十六、七の頃に考えついたもので、フランス語の triste という単語を元にした名前だからフランス人である、ということだったと記憶しますが、日本人がアメリカを舞台にして書いた小説の中心人物がフランス人なのは、いかにも西洋好き、中でもおフランス好きの気障《きざ》な日本人のセンスという感が拭えません。そういう設定は書いてて恥かしくないのですか？**

答3　恥かしいに決まってます。でも、半分アイルランド人ってことになってますから。ちなみに、グラディスがマグノリアを呼ぶ時の「マ・レディ」の綴りはフランス語混じりの「ma lady」じゃなくて、「my」のyが消えた「m'lady」だからね。

**質問4　どうしてトリスティーヌは白人でなければならないのですか？「哀子」とかいう名前にして、日本人の話にすることもできるかと思いますが。**

答4　なるほどね。悲名子＝ヒナコとか、悲冴＝ヒサエとか、悲実子＝ヒミコとか？　考えたことなかったです。わたしにはまだまだ西洋かぶれから脱けきっていないところがあるんでしょうか（素直でしょ？）。でもね、わたしが今回書いたような人間模様は日本より仮想アメリカの舞台に載せた方がしっくりすると思わない？　やっぱり多民族社会じゃないとね。

**質問5　あなたは高校の時、自分の国のことにはあまり興味を持っていなくて、「七福神の中で女の神は？」と訊くと思案の末に「お多福！」と答えたのですが、覚えていますか？　また、今は正しく答えることができますか？**

答5　憶えてますよ。あなたはたかがあんなことくらいで大笑いして、みんなに言いふらしてさんざん人を馬鹿にしたんだから。あの口惜しさは忘れませんね。今は答えられるかって？〈おかめ〉だった？（真に受けないでね）。

**質問6　そして、トリスティーヌはいったいいつからレズビアンでマゾヒストになったのですか？　二十数年前のトリスティーヌは単に「宿命的な恋の悲劇のヒロイン」であって、レズビアンでもマゾヒストでもなかったはずですが。**

答6　二十数年前のことは忘れてください。〈宿命的な恋の悲劇〉って何だっけ？　わたしが憶えてるのは、トリスティーヌのイメージをわたしが話したらあなたがトリスティーヌの肖像画を描いてくれたことだけです。あなた絵がうまかったものね。あの絵、どこにやったんだったかな。トリスティーヌっていうのはね、名前と大まかな人物像が決まっているだけで、手塚治虫のロック＝間久部緑郎《まくべろくろう》や萩尾望都のオスカーと同じで、いろんな物語の中でいろんな役柄を演じるの。レズビアンとサド＝マゾヒズムの物語の中ではレズビアンでマゾヒストになるの。別の物語の中ではまたそれに応じた別の役柄になるの。そういうことです。

**質問7　以前にも同様のことを質問しましたが、いくらかの変化はあるとはいえ、二十数年間トリスティーヌという一つのキャラクターをだいじに温め続けているというのは、傍目には奇異に映りもします。どうしてそんなに想像上の人物に愛着を持っているのですか？**

答7　二十数年って言うけどね、わたしにも当然実生活はあって、仕事が忙しかったり悩みがあったり他の楽しみに熱中したりした時期には、トリスティーヌのことなんか忘れてたんだから。思い出したのはこの頃です。人を変人扱いしないでください。

**質問8　これら一連の作品において、どうしてレズビアンとサド＝マゾヒズムを描くことにこだわっているのですか？　昔からあなたは同性愛とサド＝マゾヒズムに興味を持っていましたが。でも、あの頃は主に男の同性愛の話をしてたんじゃありませんでしたか？**

答8　揚げ足取るつもりじゃありませんけど、第一話から第三話まではレズビアンとサド＝マゾヒズムは主題になってません。ご質問については面倒臭いから簡単にお答えしますと、わたしはサド゠マゾヒズムの〈虚実、皮膜の間〉というべきところが面白いから書いてるの。で、男女のＳＭは書けと言われれば書けると思うんだけど、ほら、女性差別の問題も入って来るから、長くなってしまうじゃない？　だから女と女の話にしてるの。わたしはきわめて健全な人間なので、同性愛は男のでも女のでも好ましいですね。それから、あなたは高校時代に同性愛とサド゠マゾヒズムに興味を持っていたのはわたしだけであるかのような言い方をしていますが、あなただってたいそう興味を持っていたじゃありませんか。わたしの持ってた『イマージュ』とあなたの持ってた『Ｏ嬢の物語』、交換して読んだりね。かつてわたしが主に男の同性愛の話に興じていたとおっしゃいますが、そういう印象が残っているのはきっと、男の同性愛の話ばかりしかけて来るあなたにわたしが合わせていたからでしょう。名画座にフェリーニの『サテリコン』観に行ったよね。マックス・ボーン、可愛かったよねえ。

**質問９　あるいは要望　私としては、日本人が主人公で異性愛の、ＳＭではない恋愛小説、性愛小説を書いてほしいと思います。**

答９　あるいは反問　そうですか。それはどうしてですか？

**質問10　結局のところ、トリスティーンとグラディスは愛し合っているのでしょうか。**

答10　何だ、結構乗って読んでるんじゃない。でも、そんなこと作者に言わせてどうするの？　では、あなたへのサービスを。作中の場面のヴァリエーションだけどね、トリスティーンはね、グラディスに縛られると「バカ」って言うの。するとグラディスはね、「『バカ』なんて言ったら殴る」って言うの。そしたらトリスティーンはね、「ウンコたれ」って言うの。それでグラディスはトリスティーンをひっぱたくの。ひっぱたかれたトリスティーンはね、「『ウンコたれ』でも殴るの？」ってぶつぶつ言うの。二人はいつもそんなことやってるの。それでね、ある日トリスティーンがグラディスの腕に指文字書くの。グラディスはね、アイラヴユーとかジュテームとか書いてるのかと思うんだけどね、注意して指の動きを追ったらね、「ウンコたれ」って書いてるの。楽しい？

**質問11　グラディスとラウラは実際どういう関係だったのですか？**

答11　これも作者に訊かないで本文から読み取ってください。重要なことはちゃんと書いてあります。それ以上のことは好きなように想像してください。一つだけ言うとね、グラディスとラウラはかたちの上ではトリスティーンをめぐる恋のライバルだったんだけど、それ以上にもっと大きな意味でのライバルだったの。人生のライバルっていうか、どちらがより自分の理念と欲望にのっとった人生を送るか、競おうとしてたわけ。二人の関係は愛憎相半ばした闘いだったの、高校時代に恋人同士になりそこねて以来ね。

**質問12　グラディスとトリスティーンが結局のところ愛し合っているのだとしたら、三角関係**

に耐えきれずイタリアに行ってしまったラウラは二人の当て馬に過ぎなかったみたいで、あまりにも気の毒なように思えますが、作者はそれでよしとしているのですか？

答12　何とまあ、垢抜けない女子高校生みたいなこと言ってますねえ。もしかして、わざと純情な乙女の真似をしてるの？　あんなふうな錯綜した三角関係において、一人が単なる当て馬に過ぎないなんてこと、あるわけないじゃないの。当て馬っていうなら三人とも当て馬の要素があるんでね、結果的にグラディスとトリスティーンが結びついたんだけど、只中にいる時には三人とも平等に苦しんだし楽しんだんであって、一人だけが被害者なんてことはないでしょう。まあトリスティーンだけはグラディスとラウラの両方と性関係を持ってたんだから、ある意味では恵まれてたといえるかもね。それでね、また本文に書いてない場面をサービスするけどね、トリスティーンとラウラが初めて性行為を持った時ね、ベッドの上でこんな会話があったの。ラウラ「グラディスにばれたら殴られるわよ」、トリスティーン「グラディスはあなたのことも殴るの？」、ラウラ「あなたが殴られるのよ」、英語だとこういう主語を略した表現が成り立つかどうか疑問だけど、「If Gladys knows this,…will be beaten」なんてね、閑話休題、続いてちょっと間があって、トリスティーン「もしわたしがグラディスにあなたに強引にやられたって言ったらどうする？」、ラウラ「そしたらわたしはほんとうのことをグラディスに説明するだけよ。そうすると、あなたはグラディスとわたしの二人にボコボコにされるわけよ」、トリスティーンやり込められて沈黙の一幕でした。あとね、トリスティーンとグラディスとラウラが一緒にいる場面もあるの。グラディスとラウラが組んで、トリスティーンの英語の th の発音が変だってからかったりね、トリスティーンとラウラが冗談でホワイト・エスニック連合を結成してWASPのグラディスを責めたりね。このあたり、きちんと書ききる自信はないけど。

**質問13　マグノリアはグラディスとトリスティーンのことをどう感じているのですか？**

答13　さあ、別に何とも思ってないんじゃない？　マグノリアといえばね、〈尊大な足拭きマット〉っていう渾名がついているのをトリスティーンに教えたのはマグノリアなのね。そんな渾名を知らされてトリスティーンとしては苦笑するしかなくって、「アメリカ人も気のきいたことを思いつくね」って呟くの。するとマグノリアはね、「あんたはいいわよ、白人だからそんなことを言ってもらえるけど、わたしを〈足拭きマット〉とか〈雑巾〉とか呼ぶ白人はいないわね」ってつまらなそうに言うの。トリスティーン「ここいらにいる人たちはみんな教養があり過ぎるからねえ。何だったらわたしが言ってあげようか？」、マグノリアちょっと凄んで「言えるもんなら言ってみな」、トリスティーンは逃げ腰になりながらも一生懸命言おうとするんだけど「やっぱり言えない」、マグノリア笑って「だいたいあんたに言われてもあんまり嬉しくないわねえ」、そういう遣り取りがあるの。

**質問14　作品中、SM行為の描写はありますが、性行為の描写と呼べるようなものはありません。なぜ書かないのですか？**

答14　まさか、そんなの期待してるの？　だって、性行為の描写なんて必要ないんだもの。そんなもの、わたし、恥かしくって書けませんわ。

**質問15　三回も書いたんだから、もうトリスティーンの話は終わるんでしょうね？**

答15　どういう気持ちで訊いてるんですか？　終わってほしいの？　終わらないでほしいの？　わたしとしては、もう一つ二つ書けそうな感じなんだけど。たとえば、子供の頃のトリスティーンの逸話だけどね、トリスティーンはパリで普段は母親と二人で暮らしてて、アメリカ人の父親は二、三箇月に一回訪ねて来るのね。トリスティーンは母親は大好きで、たまにしか会わない父親のことはもちろん嫌いじゃないんだけどそれほどは馴染めなくって、母親との平和な居場所にたまに割り込んで来る邪魔者のように感じることもあるの。父親が母親を独占してトリスティーンが一人で過ごさなければならない時間もあるわけだからね。それで、トリスティーンにとっての実の親たちとのいちばんの思い出はね、十一、二歳の頃、母親と二人の夕食の時、トリスティーンがスープの味が気に入らないって文句をつけたことから母子喧嘩が始まってね、母親がふざけ半分にトリスティーンの顔をスープ皿に突っ込んだもんだから、まあ、陽気なお母さんなわけ、トリスティーンもスープを母親にぶっかけてね、そこからはもうワインを浴びせたりマッシュ・ポテトを投げつけたり、無茶苦茶になるの。そういうところへ、連絡なしにパリにやって来た父親が急に入って来たから、ちょうど生卵を二、三個摑んで振りかざしてたトリスティーンは、もちろんほんとに投げつけるつもりじゃなくってただ母親を威嚇《いかく》しようとしただけだったんだけど、びっくりして振り向きざま父親に向かって生卵を放っちゃうのね、母親は母親で小麦粉を両手いっぱいにすくってトリスティーンの方に浴びせかけたところだったから、父親は生卵と小麦粉にまみれて白と黄色に染まって、着てたアルマーニのジャケットも台なしになるのね。「ショーン（今適当につけた名前）がフライになっちゃう」ってお母さんが言って三人で笑ってその場は収まるんだけど、トリスティーンは母親と二人で父親にいたずらをした恰好になったのが爽快な気持ちと、お父さんにあんなことをして悪かった、お父さんがかわいそうだからこの滞在中は優しくしなきゃっていう胸が締めつけられるような思いを両方抱いて、でもどっちかっていったら「かわいそう」っていう思いの方が強くって、それからは前より父親に親しめるようになるの。どうですか？

質問16　私があなたの文章を読むのは大学の時以来ですが、全然錆びついていないどころか、前よりも上達したと感じます。あなたはあの後小説を書こうとしたことはほとんどないと言いましたが、本当に書いていなかったのですか？　実はひそかに書いていたのではないですか？

答16　いいえ、書いていません。

**質問17　読む方はどうですか？　たとえば現代日本の若い作家を読んでいますか？　誰が好きですか？**

答17　昔ほどは読んでないですよ。それで思い出したけど、あなた、わたしのロバート・クーヴァーの本、勝手に持って行ったでしょう。わたしもまだ読み終わってないんだから返してよ。

**質問18　自分のことをオタクだと思いますか？**

答18　何で？　思わない。わたしはちゃんと身なりにもかまってるもの。フランスやイタリアの服を着てるでしょ。安いやつだけど。

**質問19　あなたとはあまり会わなくなった時期があって、二十代の後半から十年ほどの間の、あなたの暮らしぶりについては私はほとんど知らないのですが、変わっていないようであなたはどこか変わったという気がします。質問になっていませんが、私のこの感想に対して何かコメントをお願いいたします。**

答19　どこか変わったって、どこがどう変わったんですか？　どうせわたしは同性愛好きでＳＭ好きで、高校時代からまるで進歩のないアンポンタン（死語）ですよ。二十代の後半からわたしには大した出来事は起こってなくて、お聞かせすべきことは何もありません。

侘しい人生です。

質問20　単刀直入にお尋ねしますが、あなたはレズビアンでマゾヒストなのですか？

答20　あなたの知りたいことってそんなことなの？　はーい、そうです、わたしはレズビアンでマゾヒストで、相手の足の指の間に溜まる垢の匂いを嗅ぐとうっとりしちゃって、さらにウンコを食べるのが好きで、頭の一部を円形脱毛症みたいに直径三センチくらい剃られたことがあって、普段は髪の毛に隠れてるんだけど、その人だけがわたしの人工ハゲを知ってて、会ってる時は髪をめくって禿げた部分を見るのがその人の楽しみで、その人は日本人じゃなくてユダヤ系アメリカ人で、実に愉快なつき合いでした。はい、これであなたはわたしのことを完璧に知ったわけです。

＊　＊

まあ嫌みまで格段にうまくなっちゃって（特に答20）。この質問状は失敗だったね。あなたの頭の中には妄想が山ほど詰まってて気持ち悪いということだけはよくわかりました。

# 8

## 第七話　ワカコ

一九九九年五月五日、神奈川県川崎市体育館において、女子プロレス史上稀《まれ》に見る私怨遺恨試合が二人のワカコによって闘われた。

熊本県出身の江ノ本若子と千葉県出身の灘谷和佳子はともに一九八八年同じ女子プロレス団体に入門、江ノ本は体格と運動神経に恵まれた正統派ストロング・スタイル、灘谷は美貌と向こうっ気の強いキャラクターで見せる、とプロレスラーとしてのタイプは全く違う二人だが、同期でもあるためいっときは〈ダブルワカコ〉と呼ばれるタッグ・チームを組み、タッグのベルトを二人で保持したこともあった。その当時は、テレビや雑誌で見る限り、二人のワカコはお互いに気を遣い過ぎるほど遣い合い仲よさそうにふるまっていたものである。

それが十年目の一九九八年、江ノ本の方のワカコが何名かの後輩を引き連れて別団体を旗揚げし、二人の属する団体が別れてからというもの、江ノ本はもう一人のワカコへの嫌悪を露《あら》わにし、インタビュー等で「もともと灘谷は嫌いだった」と公言、一方の灘谷は「今でも江ノ本を尊敬している」と決して江ノ本を悪く言いはしなかったが、決裂の原因が二人の口から明かされることはなく、おそらくは団体が分裂する前後に江ノ本が灘谷に信頼を裏切られたと感じるような出来事があったのだろう、と推測されるばかりであった。

しかし、翌年に入って突然江ノ本が「灘谷と試合がしたい」と声明を発表、理由は「ファンがそれを望んでいるから」ということ、当初は戸惑っていた灘谷も最終的にこれを受諾、実現した試合の結果はといえば、数十秒で倒されかけた灘谷がかねてからの「反則を使ってでも勝つ」という宣言通り、前代未聞の凶器スタンガンを持ち出して江ノ本の動きを止め、この日のために格闘技ジムで習い憶えたキックやパンチを駆使して追い込み、最後こそ女性離れした体力を誇る江ノ本に逆転勝利されたものの実にあっぱれな闘いぶりで、試合後には江ノ本が灘谷を抱き起こし、どうやら二人のワカコのわだかまりは激闘を通じて一部なりとも解消されたようであった。

以下は、そういうことのあった一九九九年五月五日夜、川崎市の某ホテルのカクテル・ラウンジにて三十歳前後の一組の男女の見せた情景である。

「何に乾杯しようか。」カクテルが運ばれて来ると男が言った。「ぼくたちの離婚に？」

砂色のブルゾンを椅子の背に掛け黄色と赤のチェック柄のシャツを着た男は、会社に行く時にはきちんと横分けにしているに違いない前髪をいくぶん額《ひたい》に垂らし気味にし、意識して青年の雰囲気を保とうと努めているようだった。

「ぼくたちの、って言ったらあなたとわたしが離婚したみたいじゃない。」

女はそう応じながらシニヨンにまとめていた髪をほどいて下ろした。流れ落ちた髪を受け止めた襟つきのニット・カーディガンは、輸入品とおぼしき上質の物ではあったが、よく見ると全体に細かいけばだちがありモス・グリーンの色はかなり褪《あ》せていた。

「言い直す。ぼくたちのそれぞれの離婚に。」

女は大して興の乗らない様子でグラスを掲げたが、気分を変えたように身を乗り出した。

「面白かったね、今日の試合。」

「そうだね。」男は嬉しそうに頷く。「スタンガンには参ったな。」

「それもあんな大きいの。よく広告に出てる護身用のスタンガンは、携帯用でもっと小さいじゃない。あれ、何ボルトあるのかしら。体重百キロの江ノ本が立てなくなるんだものね。」

女は観て来た試合を思い起こしているのか、ペパーミント・グリーンのカクテルの味わいに魅せられているのか、うっとりした様子で歌うように話し続ける。

「それにしても、五寸釘でもなくチェーンでもなく、スタンガンね。いいわねえ、これ以上ないってくらい卑怯で。」

「うん、卑怯だけど正しい。正しいっていうか、許される。」

「勝つための スタンガンじゃないところがいいのよね。ただでは負けないためのスタンガンっていうか、意地を見せるためのスタンガンっていうか。」

男は考え深げな表情になった。

「つまり、あのスタンガンは精神分析でいう男根を表わす物じゃないんだな。だから、あんなとんでもない凶器が出て来ても殺伐とした雰囲気にならないわけだ。やっぱり観るべきは女子プロレスだな。」

女は男のひとりごとめいた口調には馴れているふうだった。男は二杯目のカクテルを註文すると、また嬉しそうな顔つきに戻った。

「ぼくも今日は惚れ直したな、ワカコに。」

「どっちのワカコ?」

男は一瞬ことばに詰まったが、照れ笑いを浮かべながら答えた。

「灘谷。」そして弁明するようにつけ加える。「そりゃプロレスラーとしては江ノ本の方がずっと上だけどさ。」

「灘谷は顔もいいしね。」女は冷やかすように言った後、話題を変えた。「卑怯っていえばね、最近わたし、服なんて買えないじゃない? だからデパートなんかに行っても悲しくなるばっかりだったんだけど、この間ふと、ここに並んだ服、買うことはできないけど盗もうと思えばいつでもいくらでも盗めるんだって思ったら、急に楽になったの。」

「盗む？　それは卑怯だ、反則だ。」笑ってから、男は真顔になり声を低めた。「トシヒロはどうしてるの？」

「相変わらず四十だか五十だかの女とつき合ってるみたいよ。それで十日に一ぺんくらい歯ブラシ持ってうちに来るの。何にもしないで眠るだけだけど。」

「きみの所に電話したら、いきなりあいつが出たからびっくりした。」

「困るのよね。勝手に人の電話に出るなって言ったんだけど。」

「いつまでも亭主然としてるじゃないか。きみはそれでいいの？」

「よくもないけど、離婚したからってすぐに縁が切れるわけじゃないみたい。」

「ぼくの方はすぐに切れたけどね。電話しても出てくれやしない。」

「トシヒロは常識的な感覚が鈍磨してるんじゃないかと思うのよ。こっちが何言っても反応が鈍いしね。生き生きしたところがなくってゾンビみたい。」

男は眉根を寄せ、呻《うめ》くように呟いた。

「どうしてそんなことになるんだろうな。やっぱり塾が潰れたから？」

「それは確かにそう。経営がうまく行ってた頃は、困ってる友達にお金貸したりして、自分は青年実業家だ、ひとかどの人物だって思ってたのが、今やスナック勤めだから。でも、それだけじゃないんだけどね。」

「他に何があった？」

「ライバル塾が進出して来て生徒を奪われたっていうのも、自尊心を傷つけたらしいし。」

「生徒を奪われた？」男は眼を丸くして鸚鵡返《おうむがえ》しに言った。「トシヒロはアルバイトで講師をやってた頃から女子中学生にもててたし、その母親たちにもすごく好かれてたじゃないか？

ヤスオに聞いたんだけど、あいつが塾のパンフレットを持って飛び込み営業でそこらの家のチャイムを鳴らすとさ、他の奴はまず門前払いなのにあいつだと、たいてい出て来た母親が三十分くらい話を聞いてくれて、応接間でお茶を出してくれることもあるんだって？　あいつは女受けする顔なんだ、って言っておれたちはみんなやっかんでたのに。」

「ライバル塾はチェーン展開してて、トシヒロ一人の色香じゃ太刀打ちできない営業力があったもの。それにね。」女は腕時計をはずしてテーブルに置き、手頸の時計のベルトの当たっていた部分を指先で掻いた。「絶対に人に言わないでくれる？」

「言わないよ。」男は身がまえた。

「クワタって子、知ってる？　トシヒロのゼミの後輩だった子。」

「ああ、憶えてる。小猿みたいな奴だろ？」

「その小猿がね、卒業してからトシヒロの塾に入って来たんだけど、小五のクラスの女の子に手を出したのよ。」

「えっ、あいつ、そんな趣味だったのか。」

男は髪を一度強く掻き毟《むし》ると、しかめた顔のまま水割りを註文した。

「あの子、先輩とか教授に取り入るのがうまかったじゃない？　だからトシヒロもすっかり籠絡《ろうらく》されてて、授業のしかたもちゃらんぽらんだったんだけど、『長い目で見る』なんて言って雇い入れちゃったのよ。そしたらそういうことをしでかしてね。被害者の女の子がお母さんに言いつけて、ご両親が怒鳴り込んで来て、トシヒロは平謝りに謝ってクワタを首にしたんだけど、起こっちゃったことはもう取り返しがつかないでしょ？　折からの経営不振で、すでにトシヒロとわたしの親からは借金してたんだけど、そんなことさえなければもうちょっとどこかからお金を借りて乗りきれたかも知れないのに、トシヒロはやる気なくしちゃったのね。それ以来ゾンビよ。」

「だけど、わからないな。」男は水割りのグラスを持ち上げようかどうしようかと迷うように、手の先でいじっていた。「自分の経営する塾が潰れた。おまけに信頼してた後輩はとんでもない奴だった。そりゃすごくショックだっただろう。でも普通、そんなことで抜け殻みたいになるか？　きみみたいな女房がいてさ、塾が潰れたら文句も言わず会社勤めも始めてくれた。それなのに、急に十だか二十だか年上のスナックの女客とつき合い出すなんて。全く解せないね。」

「それはたぶん、」女はことばを切って笑った。「わたしがセクシーじゃないから。」

聞くなり男は勢いよく手を振った。

「何言ってんだ、きみはセクシーだよ。」それからちょっと冷静な口調で言う。「ワカコの次に。灘谷の方のね。」

女ははずしていた腕時計を嵌め直した。それからカクテルのグラスが空になっているのに気づくと、男の水割りに手を伸ばし「いい？」と尋ねた。男が頷いてからウェイターに手を挙げ水割りを二人分頼むと、女は「ストレートにしない？」と提案した。男は心配そうに尋ねる。

「そんなに飲んで平気？」

「平気よ。あなたはどうして離婚したの？」

「直接のきっかけはやっぱり、三年間のニューヨーク赴任だね。彼女、ニューヨークに馴染めなくてね。街に出るのをすごく怖がってたし、日本の駐在員夫人たちのグループとも合わなくて、口をきく相手はぼく以外にいなかったんだ。それでノイローゼになってさ。」

「それはまた……」

「弱いんだ。」女が言いかけて呑み込んだことばを男が引き取った。「いや、ぼくの気遣いも足りなかったんだろうけどさ。だけど、理解できなかったね。たとえばニューヨークに入って間もない頃、彼女が昼間一人でハンバーガー・ショップに入って註文したら、英語がうまく通じなかったらしくて、店員に『何言ってんだかわかんないわ、このジャップ』って言われたんだって。ぼくが仕事から帰ったら真暗な部屋で泣いててさ。」

「泣くことないのに、そんな無教養なアメリカ人のせいで。」

「そうなんだよ。」男はテーブルを手で打った。「おれもそう言ったよ。今度そいつにアンエデュケイテッド・レイシストって言ってやれって。だったら紙に書いたのを突きつけろ、向こうが怒ったらぱっと逃げろって、おれは元気づけようとしたんだけどね、『そんなことできるわけないじゃない!』って泣きながら叫んだね。」

「かわいそう。」

「かわいそうなんだけどね、いらつくんだな、おれは。何で立ち向かおうとしないんだ? 立ち向かわないにしても、何で殻に籠もる? 日本でつき合ってた時はもっと強いように見えたんだけどな。」

「あなたも冷たいのよ。」

「わかってる。ぼくは強い女が好きで、弱い女は苦手だからな。」男はグラスに残ったウイスキーを呷《あお》ると、力のない微笑みを浮かべた。「ああ、ワカコとつき合いたいな、灘谷の方の。一緒に暮らして、毎日些細なことで喧嘩して、仲直りして。楽しいだろうな。」

「やめてよ、三十にもなって空想に浸るのは。」女は少し考えてから言った。「あなたも相当疲れてるんでしょう？　トシヒロも……」

「トシヒロ？」

そんな名前は初めて耳にするとでもいうような顔で、男は女を見つめた。

「あの人昔から、新聞や雑誌で興味を惹く記事を見つけると、その場で破り取ってポケットに入れる癖があったじゃない？　クローン生殖のニュースとかコンピューターの新製品情報とか。ある時なんか長いこと活躍した警察犬が死んだという夕刊の記事を破り取ってて、くしゃくしゃになったのをポケットからだいじそうに取り出して、『ほら、見なよ、この警察犬、顔写真入りで載ってるんだよ。偉いもんじゃないか』なんてにこにこ笑いながら話してね。『生徒たちにも見せるんだ。ぼくが今死んでも新聞に顔写真入りの記事なんか出ないけど、きみたちはうんと努力して偉くなればこの警察犬と同じように顔写真入りで死亡記事が出るかも知れないよって、話してやる』って。」

女は胸が膨《ふくら》むのが見てとれるほど深い呼吸をした。

「それが塾を畳んでからは、ポケットから出て来るのは男性向け週刊誌からちぎった女のグラビア写真ばっかりなのよ。それも十七、八の子の水着のね。わたし、もうたまらなくなって、わたしには触れようともしないと思ってたら、こんな写真をって……」

女ははっとしたように唇を閉じ、しかし口に出してしまったものはしかたがないと言いたげに、にっこりと笑った。

「まあ、そういうことよ。」

男は黙って考え込んでいたが、やがて言った。

「トシヒロはセクシュアリティが混乱してるな。十七、八の女の子の水着写真を楽しみながらずっと年上の女とつき合う、そして同い年の妻には手を出さない。何かあいつの中で地殻変動が起きたんだ。きっかけは何かっていったら……」

女は煩わしげに遮《さえぎ》った。

「分析はいいのよ。そんなトシヒロとはもう言い争いすらできなくって、向こうが離婚してくれって切り出した時には応じるしかなかったわ。」

言い終わると女はウェイターを呼び止め、さらに追加の酒を註文した。男はちらりと女を窺ったが何も言わなかった。沈黙は女がストレートのウイスキーを半分ほど飲み下すまで続いた。

「トシヒロに塾の講師陣に加わってくれと頼まれた時、ぼくがどうして断わったのか知ってる?」

「トシヒロから聞いた。仕事まで大学の仲間と一緒にやって狭い輪の中で人生を送るよりも、会社に就職して世界を拡げたいって言ったんでしょ?」

「そう。それでみんなから裏切り者と言われた。」

「トシヒロはそうは言ってなかったわよ。あなたの言うことはもっともだって納得してた。」

「そりゃあいつにはおれを裏切り者呼ばわりはできないさ。先に裏切ったのはあいつだからな。」

女は息を呑んだ。

「何言ってるの?」

「きみとぼくがつき合ってたのを知ってたのは、仲間内でもトシヒロだけだった。」

「憶えてないの? わたしとトシヒロがつき合い出した時には、あなたとはとっくに……」

「ごめん。おれも混乱してる。」謝りながらも男の表情は厳しかった。「ぼくが言いたいのは、トシヒロは三十になっても性的な好みのあやふやな奴なのに、どうしておれとおんなじ女とつき合う気になったんだってことなんだ。」

女は男の方に身を傾けた。

「ねえ、帰るわよ、そんな話を続けるんなら。」

「きみはそうやって、いつも優位に立ったものの言い方をする。そこがまたいいんだけどね。

きみとぼくはしょっちゅうどつき合いをしてたよね。トシヒロなんかは軟弱な色男だから、きみみたいな女とは対等に渡り合えないんだ。」

女は顔を強張《こわば》らせながらも辛抱強く優しげに言う。

「あなたは灘谷和佳子と一緒になるんでしょ?」

「ああ、そうだったね。そうだよ。どうせそうなんだ。きみはまだトシヒロが好きなのか?」

「好きとか、そういうことじゃないの。」女は男の腕を軽く叩く。「酔ってるわね。そろそろ帰らない?」

「帰ろう、帰ろう。帰ってワカコに求婚するぞ。」

男はふらりと立ち上がった。女は男の後について出口に向かった。クレジット・カードで支払いをする男の後ろ姿を女は憂鬱そうに眺めていたが、不意に口元を押さえると足元から崩れるように床に座り込んだ。クレジット・カードを財布にしまいながら振り返った男は、慌てて腰を落とし女の肩を支えると、ろれつの怪しい口調で呼びかけた。

「どうした? 大丈夫か、ワカコ。灘谷じゃない、トミシマワカコ。いや、マスノワカコ、じゃなくてやっぱりトミシマに戻ったのか、とにかく、ワカコ、わかるか、おれが?」

トミシマワカコはぐったりとしたまま返事をしなかった。

＊　＊

日本です。異性愛です。ＳＭでもありません。これでいい？

＊　＊

ふうん、そこそこ器用に何でも書けるって言いたいがための作品じゃない、今回のは？　悪いけど、もう一度挑戦してみてください。

# 9

## 第八話　ジュンタカ

　異性愛、異性愛、ヘテロセクシュアルね、と英語に置き換えることに別に意味はないんだけれど、中学以来英米のポピュラー音楽を聴いて来たわたしは、英語に置き換えた途端に『ヘテロセクシュアル・サマー』とかいうようなタイトルの英語の曲がありそうな気がして来るわけ。わたしのイメージではそんな曲を作って歌うのは白人の男、ゲイかヘテロかはどっちでもいいけれど、顔も頭もまあまあよくって楽才もそこそこ、チャートのトップ・ファイヴに入るような大衆性はなく熱狂的なファンが一定数つくほどのカリスマ性もなく、新作を出せば音楽誌のレヴューで適当に褒められたり貶《けな》されたりする程度のアーティスト、そして『ヘテロセクシュアル・サマー』という曲はシングルにはならなくって、アルバムにひっそりと収録されてて、そのアルバムを買ったファンのうちの何割かの印象に残ってるだけなの。どんな曲かって？叙情的なメロディーの平凡なバラードよ、歌詞もシンプルで、〈アイ・リメンバー・ザ・ヘテロセクシュアル・サマー〉っていうリフレインが耳に残るくらい。それを「いったいどんな深い意味があるんだろう?」って勝手に期待してあれこれ想像をめぐらせる十代の女の子が日本にいたりするわけ。かつてのあなたやわたしみたいなね。

こうやって書いてると、ほんとうに十代の頃そういう曲を聴いてたような気がして来る。〈十五歳の夏、ママはパートに出てて、昼はいつも自分でソーセージを茹でた〉、ああ、こういう歌詞だったらイギリスのワーキング・クラス出身のアーティスト。愛すべき『ヘテロセクシュアル・サマー』、この架空の曲にふさわしいエピソードを思い出すか、捏造しようと今考えているんだけど、はて。

中学三年生の夏。あなたとはまだ出会ってなくって、当時の同級生たちと遊んでました。何をして遊んでたかといえば、四人で一冊のノートを回してリレー形式で小説(みたいな物)を書いてました。メンバーは同じクラスの男子二人に、わたしと菊子っていう女の子。やろうと言い出したのは二人の男子のうちの脇坂くん、彼は何だか変わり者で、わたしのことが好きだったみたいなのね。脇坂くんと菱川くんの男子メンバーはSF小説が書きたかったらしいんだけど、ところがどっこい気の毒な、わたしと菊子は同性愛研究仲間だったのでした。教室のカーテンの陰で、わたしと菊子と安代はこっそりと菊子の買って来た『薔薇族』を開き、十四、五歳の女の子には生々し過ぎる男性ヌードのグラビアに息を詰め、あんまりきれいじゃないなすぐに読み返して、一回じゃ足りなくて二回は読み返して、すぐにその生々しさにも馴れて、虚心にホモセクシュアルについての認識を深めた、それが初夏の頃。あれ？　ヘテロの話じゃなくなって来たね。

甦《よみがえ》れヘテロ、〈台所の窓の外をドレスを着た女の子たちが行く、壁にはピンナップ・ガール、ぼくは脂の匂いのする湯気に包まれて〉、時を三年遡《さかのぼ》った小学校六年生の夏、わたしは好きな男の子が二人いて、一番目に好きだった子に休み中暑中見舞いを書きました。返事は来たけれど、わたしは「好きです」と書いたのに向こうはそうは書いてくれませんでした。でも、休みが明けるとにこやかに話しかけて来てくれたりして、男心はよくわかりません。

そんなわたしが中学に入ると、少女マンガのホモセクシュアル物に刺戟を受けて同性愛の研究を始めた。あなたもそうだったでしょ。菊子はマンガ家志望でよく尊敬するマンガ家の絵柄を真似ていて、安代なんて菊子に何かしてあげると「お礼にエドガーとアランがやってるところを描いて」なんて言って、本家のマンガには登場人物の性行為なんて出て来ないのに、勝手に描かせてた。〈やおい〉の走りだったのね、あれは。そんなわたしと菊子だから、脇坂くんたちと始めたリレー小説でもホモセクシュアル小説にしちゃうのは自然の成り行き。脇坂くんたちは男性同性愛嫌悪派なのですごく嫌がって、対抗上自分たちもレズビアンのエピソードを書き始めたんだけど、菊子もわたしも「わたしたちはホモでもレズでもいいの」って言って平気の平左、男二人は呆れ返って、最後の方はほとんどわたし一人でくだらない小説を書き進めて完結させたのが、ミドル・ティーンの夏の最大の思い出。ああ、ちっともヘテロじゃない。〈友達は夕方ブーケを手に町をうろつく、そしておまえの母親が誰かとパブにいたと言った、アイ・リメンバー・ザ・ヘテロセクシュアル・サマー〉。では、ここで初乃ちゃんに登場してもらいましょう。喜多川初乃ちゃんもわたしや菊子の同級生。優雅でフェミニンな名前の通り、ヘテロセクシュアル・ワールドのお姫さま。太ってたけど。あ、でも顔は可愛かったね、よく見ると。初乃は安代の家来で、家来っていってもいまどきの子たちみたいに使い走りをやらせたりお金を要求したりするんじゃなくって、安代に「初乃、紙」と言われたらレポート用紙を渡し「これ捨てといて」と言われたらゴミ箱まで捨てに行くってその程度のものだけど、安代とわたしや菊子が一緒にいることが多かったから、自然にわたしとも馴染みになったのね。初乃はきつい性格の安代を怖がってたけど、菊子とわたしは初乃に命令をしたりはしなかったから、まあ、なつかれたんだろうね。特にわたしは家が近かったせいで、時々あの子は誘いもしないのにうちに遊びに来たりして。はっきりいって邪魔だったけど追い返すのも何だから、しかたなく一緒に図書館に行ったこともあった。

でもね、わたしも初乃を友達と認めてたわけじゃない、だってあの子、「同性愛って変態でしょ?」なんて不用意に口走ってわたしたちを怒らせたし、愛読書は太宰治の『女生徒』だなこんて言うんだもの。あの太宰の全作品の中でいちばんつまらない物の一つをよ。「あたし、この主人公の女の子に似てると思う」なんて言って作中人物になりきって、「あたしも夜中に風呂場で洗濯するの」とか打ち明けられた時には太宰風にいえば恥かしくって死にそうになったものよ。いや、素直で可愛いといえば可愛いんだけどね、ほんとに素直でね、家で飼ってる猫の名前がね、〈シャドウ〉っていうの。何で〈シャドウ〉なのかっていうとね、全身真黒だからなんだって。臭いでしょ? だけどね、それをわたしたちがからかうとね、「でも、親戚のおじさんは『エスプリのある名前だね』って褒めてくれた」ってがんばるの。だからわたしたちは初乃の家族・親戚に〈エスプリ一族〉って渾名をつけてたの。あっ、「あなただってエスプリに富んでるじゃないの」って今言いたくなったでしょ。わかってる、高校になってわたしも〈トリスティーヌ〉なんてキャラクターをつくるんだから、初乃を笑えない。全くわたしも無意識にエスプリを身につけちゃってねえ。

何の話してたんだっけ、そう、異性愛の話。〈友達に訊かれた、おまえのガール・フレンドの名前はと、ぼくのガール・フレンドの名前はマーサ、マリー、マデリーン、アイ・リメンバー・ザ・ヘテロセクシュアル・サマー〉。これはもう夏の話じゃないんだけど、初乃には好きな男の子がいたの。女子中学生にはありがちなパターンで、相手は口もきいたことのないよそのクラスの男の子。初乃がそっと紙に書いて教えてくれた名前は、姓は井辻、ギヴン・ネームが順番の〈順〉に高いの〈高〉、これが読めなくてね。「ノリタカ?」、「ヤスタカ?」「ミチタカ?」、初乃も知らなくって自信なさげに「ジュンタカ?」って呟くから「まさかジュンタカじゃないでしょう」、「何で自分の好きな子の名前くらい知らないのよ」ってわたしたちは責めて、「もういい、ジュンタカで」ってことにして、彼のことが話に出るとジュンタカ、ジュンタカって言ってたの。正解は〈マサタカ〉って後でわかったんだけど。

「ジュンタカのどこが好きなの?」と初乃に訊くと「きれいだから」という答。初乃に案内させて菊子と安代と一緒にジュンタカのクラスまで見に行ったら、ほんとうにきれいだった。菊子や安代も美少年を見つけるのは得意だったのにジュンタカに気がついてなかったのは、二人の好きなのはマンガに出て来る西洋少年風のタイプで、ジュンタカは眼の大きくない和風顔だったから。肌がすべすべで、江戸以前の日本画に描かれた稚児みたいに頰がふっくらしてて、唇もふっくらしてるせいかおちょぼ口に見えるんだけどおかしくはなくて、何といっても、静かに立っていてもこんこんと水の湧き立つ泉のように何か人に訴えかける雰囲気があったのね。それ以来わたしたちはみんなジュンタカのファン、「よく見つけた、偉い」って珍しく口々に初乃を褒めて、でもジュンタカに近づきたいという気はなくてあくまでも眼の保養、「ジュンタカくんの近くを通るとどきどきする」なんて言うのは初乃だけだった。

そんな美少年を見つけたからにはわたしの空想趣味が燃え上がらないはずがない。でしょ?

「ああいう子はね、きっとお父さんを早くに亡くしてね、母一人子一人で母子寮に住んでて、母子は両方ともとってもおとなしくって、一緒にいてもほとんど会話はなくって、仲が悪いわけじゃないけれどお互いに遠慮し合った水臭い間柄で……」とか何とか喋ってたら、初乃が割り込んで「えーっ、ジュンタカくんはいっぱい愛されて育ったんだよ。ピアノのある広い家に住んでて美人のお姉さんが一人いて、日曜日は姉弟で並んでピアノを弾くの」と自分の想像を話し出した。「そりゃジュンタカに関してはあんたに優先権があることを認めるけどね。美少年は彼個人の魅力だけに支えられて孤独に立ってなきゃだめなの。育った家が裕福だったり社会的地位が高かったりすると、かえって容姿の美しさが濁るの」ってわたし流の論理を聞かせたんだけど、「よくわからない。ジュンタカくんをかわいそうな人にしないで」って全然通じないの。初乃だけじゃなくて、菊子にも安代にもわたしの論理はほんとはあんまり理解してもらえてなかったと思うけど。

さあ、その日からわたしは何だか意地になっちゃった。初乃のジュンタカ像を打ち壊したくてならなくなったの。どうしてそうなったのか、初乃の思い描くアッパー・ミドル的ジュンタカ像が気に喰わなかったのは確かなんだけど、そのジュンタカ像が銀行員の娘である初乃自身の生活をそのまま反映してて、世の中にはもっと他の暮らし向きもあるんだってことに眼が行ってないような気がしたからかも知れないと、今となっては考えるわけ。わたしの思い描いたジュンタカ像だってあほらしいんだけどね。姉弟が並んでピアノを弾くって？　げっ、気持ち悪い、これだからエスプリ一族はなんて、初乃みたいな素朴で素直で友達の少ない子、いいところだけ認めてそっとしといてやればいいのに、本気で腹を立てて、初乃のジュンタカ像を吹き飛ばすような強力なジュンタカ像を練り上げることにしたの。

「ジュンタカのお父さんが亡くなった原因はね」と話し始めると初乃は特徴のあるきいきいした甲高い声で「死んでないもん」、それを抑えて「いや、死んだの。実はお姉さんも亡くなってるの」、「ピアノ弾いてるんだよ」、「生きてた頃はね。でも小学生の時にね、お父さんとお姉さんとジュンタカがドライブに出かけたらね、助手席に座ってたお姉さんと後ろにいたジュンタカが喧嘩を始めてね、頭を叩かれたジュンタカが怒って背凭《せもた》れを乗り越えてお姉さんに摑みかかったら、お姉さんが両手で思いきりジュンタカを突いて、ジュンタカの体が運転席のお父さんにぶつかって、ハンドルが変な方向に切られて、車線オーバーしたところへ対向車が」、「嫌っ！」、「車はもろに衝突、お父さんとお姉さんは死亡、ジュンタカだけ奇跡的に助かって、たまたまその日一緒に出かけなかったお母さんと二人っきりになったってわけ」、「そんなのひどい」、「ジュンタカの頭、髪の下につるつるした大きな傷痕があるはずよ」、「どうして、どうしてそんなかわいそうなことが考えられるの？」って初乃は口元をひくひく動かして、ほとんど泣かんばかりになったのね。

かわいそうなのはジュンタカか初乃か、わたしの与太を聞いて半泣きになった翌日初乃は登校するなり寄って来て、「ジュンタカくんは罪悪感に苦しんでるの？」と真剣な顔で尋ねた。わたしは初乃が結構はまって来たと思って内心ほくそ笑みながら「もちろん」、「お母さんもジュンタカくんを恨んでるから、あんまり口をきかないの？」、「いや、可愛い息子には違いないから恨んだりはしてない。ただ悲しんでるの」、「罪悪感がやわらぐ日は来るの？」、初乃の眼はもう潤んでる、「来ないんじゃないの、一生」って答えたら今度はほんとに泣き出しちゃって、だから慌てて繕ったの、「でもね、幸せにはなれるかも、それなりに」、「どういうふうに？」、「たとえば、高校でとっても包容力のある優しい男性教師にめぐり会って……」、「ホモは嫌！」、「あんたが嫌でも関係ないの」って軽く言ったら初乃はすごい眼つきでこっちを睨んで、初乃のそんな顔を見るのは初めてだったからわたしはちょっと気圧《けお》されて、「わかった、じゃあ女」と妥協した。

そばにいた菊子と安代の「何で初乃の言うことを聞くのよ」という不満の声も聞き流し、「高校で優しい女性教師にめぐり会い」ってやったら初乃は調子に乗ったのか「先生は嫌！」ってまた文句を言った。「じゃあ何がいいの？」と訊けば「同い年がいい」、「えっ、だめでしょ、同い年の女なんて頼りない」って反対したら「ジュンタカくんは人に頼らないの！　誰かに愛されるんじゃなくって、愛することで幸せになるの！」と妙に力強いことば、もしかしてこの子は昨日わたしの話したストーリーの続きを自分でも一生懸命考えたんじゃないのって思って「同い年のどんな女の子？」って尋ねたら、初乃は真赤になって俯いたものだから、ああ、この子は自分を投影できる登場人物を期待してるんだ、と気がついてわたしは絶句、菊子と安代が初乃に「あんた、本気でジュンタカが好きなのね」って感心したみたいに言うと、初乃は「何かかわいそうな身の上の人みたいに思えて来たんだもん」と答えてまたわたしを睨んだ。

その後の休み時間、菊子と安代がわたしに言い出したの、初乃とジュンタカが結ばれるストーリーを作ってやれって。「何のために？」って訊いたら、現実にジュンタカと初乃が相思相愛になることはないだろうから、せめて空想物語の中だけでも夢を叶えてやるといい、さらには「だいたいあんたの作ったストーリーを聞いてあの子の思いは高まったんだから、責任をとれ」なんて。だけど、いくら空想物語でもリアリティは必要じゃない？　何しろ初乃はよく見なければ可愛くない容姿だし、性格は悪くないっていっても感動するほど気立てがいいわけでもないし、話してってもあんまり面白くないし、辛うじてあり得るとしたら、内向的過ぎて自分から女の子に声をかけることのないジュンタカに、初乃の方が積極的に近づいて行ってせっせと世話を焼いてガール・フレンドの座に収まる、という押しかけ女房式の結ばれ方。でも、そんなロマンティックじゃないストーリーを初乃が喜ぶかどうか。

あんまり乗り気になれなかったけど、しょうがないから考えました、授業中に。初乃を代行する登場人物はA子。「A子って何?」と初乃、「名前考えるの面倒だからA子。A子は何はともあれジュンタカに自分の存在を知ってもらうために、オーソドックスな手段として手紙を書くことにしました」、「どんな手紙?」、「こっちを知らない相手に向かっていきなり『好きです』なんて書いたらバカみたいでしょ? 『友達になってください』っていうのも白々しい。何か意表を衝くような文句で相手に強い印象を残し、しかも気持ちを素直に伝えなきゃいけない。そこでA子が書いたのは『あなたの小間使いになりたい』」、「小間使いぃぃ?」、初乃は不満顔、かまわず「それを読んだジュンタカは、『別に頼みたい用事もないけれど、小間使いならいても悪くない。いや、ただの中学生の分際で同じ中学生を小間使いにしていいものか。やっぱりそれは』とわりと真面目に考えて、結局手紙をくれた子に関心を持ってしまう」、「なるほど」、わたしは実にいい加減に喋ってたんだけど、初乃には感じるところがあったみたい。

だけど、まさかほんとにそんな手紙を出すとはねえ。二月十四日、聖ヴァレンタイン・デイ、朝教室に入ると初乃が真赤な顔をして息をはあはあ弾ませながら「さっきジュンタカくんの机にチョコレートと手紙を入れて来たの」、菊子と安代はのけぞりわたしは頭をかかえた。「ずっと小間使いだと嫌だけど、小間使いから始めるの」、「わかってんの? ジュンタカくんは別にかわいそうな境遇じゃなくって、たぶん普通の子よ」、「わかってる」、初乃は頬を赤くしたまま手作りのチョコレートの残りをわたしたちにくれた。それを放課後校舎の陰で食べながら、菊子と安代とわたしは話し合った。「ジュンタカは返事くれると思う?」、「くれたとしても後が続かないと思う」、「泣かないでほしいね、初乃」、「こういうことも中学の思い出だと考えて」。そして翌日三人で初乃の所に行って「ふられてもめげるんじゃないよ。三組の松子はね、浜中くんに告白してね、『ぼく、あなたのような顔は趣味じゃないんです』って言われたんだから」、「そう、それで松子はね、わっと泣き出して浜中くんの胸に飛び込んでね、『胸をお借りできたから気がすんだ』って。あんたもそうしな」、初乃真顔で頷く。

それからどうなったかっていうと大した話にはならなくって、三日くらいたってもジュンタカからは返事が来なかったから、初乃は「直接返事を聞く」と一大決心、菊子と安代がジュンタカのクラスへ行ってジュンタカを呼び出し、人気《ひとけ》のない所で初乃と引き合わせた。二人が話してる間少し離れた物陰でわたしたちは待ってて、しばらくたつとどたどた走る足音が聞こえて来て、見ると初乃がこっちに向かって走ってて、頭の上で手をぶんぶん振り回しながら「ふられたあ!」って元気よく叫んだの。わたしたちは同情するよりもおかしくなったんだけど、初乃の二メートルくらい後ろで立ってたジュンタカも苦笑してた。手を振りながら走って来る初乃とその向こうで優しげな顔つきで苦笑するジュンタカ、あれこそがわたしの印象にいちばん強く残ってる異性愛のシーンの一つ。初乃は憎めない子でした。

〈十五歳の夏の終わり、友達はブーケを捨てママはパートを辞めた、壁のピンナップはふやけて破れ、相変わらずぼくには誰もいない〉。卒業以来会ってないけど、初乃は無事結婚したことでしょう。

＊　＊

嫌みで書いてるとしか思えないわね。もういい、好きなもの書いて。

見棄てないで、ダーリン。

# 10

＊

＊

第九話　千代子

甦れ、甦れ、甦れ、ホモセクシュアル・ドリーム。ホモセクシュアル・ドリームがわたしを支える。わたしを生かす。ドリーム、ではなく、ファンタジー、が英語としては正しいのだろうか。わからない。けれどもホモセクシュアルをめぐる空想は長い間、文字通りわたしの夢だった。

昼間でも陽が射さず薄暗い男の部屋を出れば一転して空は眩しい秋晴れで、体温の籠もっていたシャツとその下の肌の間にも微風が吹き込み体は浄められ、土曜日のことだから駅へと続く商店街を歩く人たちの足取りはゆったりしていて、午後の陽射しを受けた顔つきは一様に温和で、八百屋の店先では小さな女の子が威嚇の声を上げながら売り物の紫色の茄子を両手で摑んで振り回し、前掛けをつけた店の主人は気にも留めず顔見知りらしい熟年女と喋っている、それほど申し分のない平和な風景の中を歩きながら、今ここで、ホモセクシュアルの白昼夢に耽るのだ、と千代子は念じる。

たとえば、お互いに好きでたまらない少年二人、年は十四、五歳だろうか、彼等がいよいよ初めての性行為を持とうとする場面。人種は何でもいいが、まあ無難に先進諸国の中流家庭の息子たちで同じ民族同士、同じ学校に通っているものとする。場所は一方の家の子供部屋、家族は全員外出中。二人はいつものように一緒に宿題をしていたのだけれど、家には他に誰もいないということで二人とも心の中では絶好の機会が到来したと熱い期待を募らせている、おかげで上《うわ》の空、普通なら三十分でかたづく宿題が一時間たっても終わらない。とうとうその家の息子である方の少年が「少し休もう」と提案し、友達の同意を得るとおもむろに立ち上がってなぜか窓のカーテンを引く。明るかった部屋は急に夕暮れ時のように暗くなり、訪問客の少年の方ははっとする。カーテンを引いた少年は確信を持った動作で服を脱ぎ始め、喜ばしい事態をまだ信じられないで呆然としている相手の少年にも同じことを眼で促し、相手の少年も「やっとできるんだ、やっとできるんだ」と胸の内で唱えながら震える手でシャツのボタンをはずし始める。トランクスだけの姿になった二人は向かい合って立って見つめ合う、しかしさてこれからどうすればスムーズに次の段階に移ることができるのかわからず、また無性に恥かしく鼓動が激しくなって来ているので、すぐには何もできずに突っ立っている。やがて膠着状態に耐えきれなくなった一人が半歩踏み出す、もう一人も相手が身動きしたのを感じるや否や眼をつむり腕を広げていとしい者に体をぶつけて行く。そこからは佳境、情熱的な性行為、甘く無器用な愛のことば……。

陳腐と笑わば笑え。独創性などはなからめざしてはいない。性的な快さを獲得するのが目的の空想は、自分の好みのパターンを蜿々《えんえん》と踏襲し続けるもの。千代子が最も好むのは、十代前半の少年たちの手探りの闇雲な初体験の空想だった。千代子と同じようにホモセクシュアル・ファンタジーを好む女たちに人気があるのは、うぶな少年とすでに性行為に習熟した年上の者との組み合わせのようで、そこには年上の者による誘惑や教育、あるいは結果的には合意の行為となることを前提とした強制、といった要素が入って来る、千代子も十代の頃はそういう設定を好んでいたし今だって嫌いではないのだが、ある時期からは現在の好みに落ちついた。千代子の少年たちはあまりにもすれ具合に差があってはいけない。また相思相愛でなければならず、二人とも自分の内に芽生えて来た同性への欲望を恐れたり恥じたりしないだけの知性を備えていなければならない。そして二人の少年の真剣で力一杯の初恋は、その時の彼等自身には知りようのないことだが、彼等のいずれにとっても生涯で最も強烈な疼《うず》くような記憶となって残るのである。「すみません。」、不意に自転車に乗った男に声をかけられ、空想に熱中しかけていた千代子はびくりとして立ち止まる。「〈TSUTAYA〉はどこでしょうか?」。千代子はこの町の住人ではないが、来馴れた町なので要領よくレンタル・ビデオ屋への道順を男に教え、男が走り去った後、今の自転車はプジョーだった、男の履いていたスニーカーはパトリックだった、ポロシャツはラコステだった、何というフランス野郎、ビデオ屋ではリュック・ベッソンの映画でも借りるのだろうかと考え、その間にせっかく進めた性的な場面が中断されたばかりではなく、盛り上がりかけた性的な気分さえ彼方に消し飛び、自分が平和な商店街をもさもさ歩いていても違和感のない普通の気のいいおねえさんとなっていることに気がついた。こうしていったん中断された空想は、続きから再開しても迫力を伴わない、初めからやり直さなければならない。

いくら好みだとはいっても、間を置かず全く同じ設定を使えば味わいは劣ってしまう、別の設定にする。初恋純情篇から、次は、そう、愛欲どろどろ人生篇にでも。さっきの少年たちはどこかに消え失せ、今度はさほど深刻な恋愛感情を抱くことなく、数多くの相手と性行為をする男が登場する。性行為においても受け身を好み、それ以外の面でも自発的に相手を求めるよりは誰かの誘いに乗り、事が進展して行くのに任せるタイプ。その男は十代の半ばまでに二度ばかり、それぞれ別の顔見知りの大人の男に性経験をもたらされたことがある。頻繁に、ではなく二度だというところに現実味があると千代子は考えている。他方、現実味というならば十代前半の少年に大人が性行為をしかけるのは多くの場合醜悪であるということにも思いは及ぶわけだが、そこはまあ性的空想だから都合よく強姦ではなく合意の上の行為とし、主人公である男はその二度ばかりの経験に軽い戸惑いとともにぼんやりとした快感を抱き、心に傷を受けもしなければ以後性のイメージに取り憑かれて苦しむということもないものとする。

千代子の空想の中では当然、男は長じてホモセクシュアルとなり、都会のハッテンバに通い次々と性経験を重ねる。受動的なタイプの男であるから彼に誘いをかけるのは能動的なタイプの男、中には嗜虐的なタイプの男もいる。一人の嗜虐的なタイプの男と同棲を始めてからが物語の佳境、相手の男にさまざまなことを、あんなこともこんなことも、主人公の彼が望んでいることも、まあまあ受け入れられることも、望んでいるのよりもややひどいことも、望んでいるのよりも遥かにひどいことも、思うがままにされる日々、千代子は実生活では同性愛の経験もサド＝マゾヒズムの経験もないのであるが、性的空想の中ではマゾヒスティックなゲイの男に化身し、空想がこのような佳境に至ると涙が滲むほど陶然としてしまう。だが今は自室のベッドの上ではなく真っ昼間の商店街を歩いているのだから抑えなければならない。風船を持った二人の子供を連れて眠そうな顔で歩いて来た夫婦とすれ違う。きっとヘテロセクシュアルの空想しか楽しんだことがないに違いないあの夫婦は、わたしが思い描いている空想を知ったら気味の悪い女だと怯えて後ずさりするだろう、という思いがよぎる。

子供の頃から男の子と男の子が親密にしている光景を見かけるたびに千代子は、記憶の貯蔵庫に保存して来た。もちろん仲のいい男の子同士が肩を組み合って歩いているところなどは面白くも何ともない、それが女の子同士がやるように、あるいは大人の男女がやるように腕を組んでいたりすると、ちょっと繊細な愛情表現が顕われる感じで気をそそられ、手を繋いでいれば相手を好きだという気持ちが無邪気にまっすぐに出ているようでまた楽しい、つまり単なる遊び友達という以上に相手を気に入っていてたいせつだという様子が表現され、なおかつ、これは大人になってからことばにできた見方だけれども、ホモセクシュアリティを禁忌とした上で成り立つ〈男同士の友情〉とやらいうわざとらしい連帯では決してない、そういう親密さに惹かれるのだった。千代子は男の子たちの観察者であり、男の子同士の親密な光景の収集家だった。

小学校五年の時、学校の階段を長井くんの腕に自分の腕を絡ませて歩いていたのは二宮くん。二宮くんは長井くんのファンだった、ファンというのが適切でなければ親友志願者だった、休み時間のたびに長井くんの後をついて回っていた。でも、長井くんの方は乱暴なところのある二宮くんがあまり好きではなかったらしく、道徳の授業中教師に「親友がいるか」と問われて「はい、鈴原くんと箕輪くんです」とあえて二宮くんの名前を挙げず、二宮くんに「おまえは好きじゃない」と暗に宣告したことさえある。その時千代子はすぐ前の席だった二宮くんの後ろ姿を見たけれど、むっとした様子で顎を上げていた二宮くんは傷ついていたのだろうと思う。それで二宮くんはしばらく長井くんに近づかなかったのだけれども、その日久しぶりに並んで歩いていて腕など組んでいた、ああ、相変わらず二宮くんは長井くんが好きなのだ、長井くんの方は別に二宮くんが好きになったわけでもないだろうけれど、二宮くんは久々に長井くんと仲よくできて、気持ちだけではなく長井くんに触れている腕もきっととても満足しているだろう、と千代子は想像し、自分まで心地よさに満たされた。

そんな子供同士の素朴な憧れ、素朴な触れ合いを愛したのは小学校まで、性の欲望がしだいに具体的なかたちを取り始める中学校に入ると、観察はますます面白くなった。中学三年の時にはクラスに佐伯くんという少年がいて、ハンサムではなかったが歌舞伎の女形のような色気があり女の子にも男の子にも人気があった。佐伯くんは女の裸の写真を見るのが好きな〈スケベ〉と噂されてもいたけれど、学校の休み時間にはしょっちゅう男の子と戯れる、しかも一人や二人ではなく何人もの相手と。ある時はAくんを膝に載せて抱き締め、ある時は座っているBくんの頰を後ろからそっと両手で包む、通りすがりにCくんの頭に優しく手を置き、隣の席のDくんの頰を人差し指の先でちょっとつつく、そういうことをされる男の子たちも誰一人として嫌がってはいなかった。あれは母親が子供にするようなスキンシップだったのか、性欲の無意識の顕われだったのか、外から見ただけでは何ともいえなかったが、あれだけ色気のある男だからきっと同性愛行動だ、と千代子たち女は話し合ったものだ。Eくん、あの色白で眼がぱっちりしていて人形みたいに可愛い小柄な男の子は、普段はFくんやGくんと休み時間を過ごしているのに、時々昼休みの後佐伯くんと一緒に教室に帰って来る、たぶんEくんは佐伯くんのお稚児さんで定期的にどこか人目につかない所でキスでもしてるのよ、と千代子は女友達に言い、いまだに絶対彼等には性的接触があったと信じている。佐伯くんには随分楽しませてもらった。

千代子は男の子が根っから好きなのだった。大人の男ではなく、〈男の子〉と呼ぶにふさわしい十代前半までの少年が。実生活での千代子は、一応あまり年の変わらない大人の男を性行為の相手として選んでいる。しかし、空想の世界で活躍するのは主に男の子、女はめったに登場しないその世界で千代子は男の子の一人に感情移入、いや、同化をし、男の子として男の子との性行為を楽しむ。実生活は実生活でそれなりに楽しんでいるし、二十代も半ばを越えた年齢になった今では、現実の男の子を見ても幼く感じるばかりでいっこうに欲望など兆《きざ》して来ないのだが、空想の中ではかつて同い年の男の子を眺めていた頃の感覚に還る。こういうのは〈女が男を好きなのはあたりまえ〉という通俗的な考え方では説明のつかない性的志向だと千代子は考えている。

きみは男のマニアなんだ、とさっきまでいた部屋の主は千代子に言った。男が好きなんじゃないだろう、少なくともストレートに男が好きなわけじゃない、ぼくとつき合ってはいても、ぼくはきみがマニアックに愛している男のイメージの代理品なんじゃないか、とことばは重ねられた。千代子にすれば心外な非難だった。わたしは確かに男の子のイメージをこよなく愛しているけれど、それはあなたとつき合っているこの現実とは切り離された世界の話、あなたが代理品であるわけがない、だってあなたはちっとも少年の面差しの残っていない河馬《かば》みたいな顔をした男だもの。実際にその通りに言ったのではない。河馬のように優しい顔をして穏やかな声音で責める男の前で、千代子は悲しさともどかしさと苛立ちの余り、まともに意味の通ることは一つも言えなかったのだ。結果、千代子は現実の男から追放されホモセクシュアル・ドリームの世界に押し遣られた。

ホモセクシュアル・ドリーム。男の子の姿かたちはひどく可愛らしい。第二次性徴以前でも男の子は女の子とは違う。くっきりした顔立ち、低い声、ごろごろ転げ回っても傷みにくそうな堅く丈夫な体、単純ですっきりした輪郭。女の子は優美だけれども薄ぼんやりしていて、脆弱で、活力が劣り、レースだのフリルだので飾り立てでもしなければ男の子と同様には目立たない、押し出しが弱いというのか。そしてレースやフリルで飾られた女の子には、どこか自然ではない加工された印象がつきまとい、一瞬はきれいに映っても、眺めているうちに何やら物悲しくも貧弱な存在に見えて来る。別に女の子が嫌いなわけではない、物悲しいだけだ。それに対して、よけいな飾りのない男の子は人間の基本形に見える。発生学的には女の方が基本で男はその変化形であるそうで、男の子を基本形と見做すのは間違っているのかも知れないのだけれども、ともかく千代子には男の子は生命そのものという感じがする。

千代子にとってだけではない、誰にとっても男の子はアイドルではなかったか。幼稚園の頃、女の先生たちはいたずらをした男の子を笑いながら追いかけ、捕まえて軽く叩いたり抱きかかえて振り回したり、実に楽しそうにじゃれていた。千代子たち女の子にはそうしたスキンシップの機会はなかった。そもそも叱られるようないたずらをすること自体が男の子にのみ許されたことだった。小学校に入ってからも事情は同じ、教師たちに最も気に入られるのはやんちゃで愛嬌のある男の子、時には力いっぱい拳骨《げんこつ》で殴られたりもするけれど、ふとした折りに男性教師からも女性教師からも玩具のようにかまわれじゃらされるのは、間違いなく彼等だった。彼等に比べれば女の子などというのは飾り物に等しい存在で、大人にかまってもらえることがあるとしたら口先で「可愛いね」「いい子だね」と褒められるか、変態男にパンツの中に手を突っ込まれるくらい……。

男の部屋を出た直後よりも憂鬱な気分になり、駅へ向かう千代子の足取りは重くなる。めくるめくホモセクシュアル・ドリームの世界に戻りたい、どんな設定でもいい。小学校二年の時学校の廊下で、よそのクラスの男の子が男性教師に足頸を摑んで逆さに持ち上げられ、続いて床の上で足頸を摑まれたままのしかかられて体を二つに折り曲げられるところを見た。教師の股座《またぐら》が男の子のお尻に触れそうで、後になってあれは性行為の体位の一種とほぼ同じだと気がついた。あの教師はそれを意識していただろうか、まさか男の子を犯したりはしていなかっただろうけれど。男の子の方ははしゃぐでもなく妙にぐったりしてされるがままだった、ああされることに何がしかの官能を覚えていたのかも知れない。わたしはあの光景を頭の中で何度も再現した、今だって何度でも再現できる、ありありと憶えている。もしあの男の子が自分だったらとも想像したことがある。だけど、ああされていたのが女の子だったとしたら、女の子は弱々しくて貧弱だから、バランスの悪い見映えのしない光景になるだろう。女の子であることはつまらない。わたしは男の子でありたかった。わたしが自分に関心のある面からしか男の子を見ていないのだとしても。男の子には男の子の不満があるのだとしても。

きみは性転換して男になればいい、とまでは心優しい河馬男は言わなかったが、どこかの誰かに投げつけられかねないことばではある、と千代子は認めている。誰に言われるまでもなく、千代子もすでに考えたことなのである。しかし、千代子が熱望しているのは十代前半までの男の子になることであり、二十歳を過ぎてから性転換して男との素晴らしい性行為をいろいろ経験できたとしても、真の望みは果たせないまま人生を終えることにしかならないのだから、自分にとっての最高の喜びをこの人生で獲得することは、とうの昔に、ごく小さい頃に、諦めている。そのかわりにホモセクシュアル・ドリームを、わたしは一生必要とするだろう。こんなことを思い出させた愛すべき河馬男を千代子は瞬間憎んだ。

河馬男の顔を思い浮かべながら券売機で切符を買う。河馬男に反発しながら改札口を抜ける。電車に乗ると河馬男のせり出した腹が甦る。千代子より三つ年上なだけなのに、河馬男はもう腹が小山のように盛り上がっていた。一年前に今の会社に入って河馬男と知り合って、宴会のある日、河馬男が腹踊りの芸を披露すると言うので、千代子は給湯室でまるまるとした腹にマーカーで布袋《ほてい》の絵を描いてやった。描き終えて顔を上げると、シャツを胸元までめくり上げたままで河馬男はちょっと照れたように微笑み、その場で腹の布袋様を膨らませたり揺らせたりして千代子を笑わせた。河馬男の部屋で、千代子も腹に般若《はんにゃ》の面の顔を描いてもらい、二人で鏡の前で踊ったこともある。千代子は河馬男と結婚できるものと信じていた。河馬男は何もかっていない。ホモセクシュアル・ドリームを楽しみながら、その裏でわたしは自分が男の子ではないことを意識し続けていて、空想から得られるものは現実から得られるものより遥かに少ないことも充分にわかっているのに。河馬男を頭から追い払えず、千代子はじれた。

電車が大きくカーブする地点で一時停止した時だった。高いビルもなく視界の開けた車窓の外の百メートルほど向こうに、一軒家の二階部分が見通せた。窓は開いており、部屋の中の本棚までよく見えた。子供部屋らしく、小学校五、六年生の男の子が二人いる。一人は黄色いTシャツ、もう一人は白いTシャツ、千代子は特にそう感じる根拠もなかったのだが、ホモセクシュアル・ドリームに馴れ親しみ過ぎているせいか、ふと、こんなに電車からよく見えてはあの子たちは性行為ができないだろう、と考えた。すると、黄色いTシャツの子の方がすっと窓辺に来て、もう一人の子に顔を向けたまま、後ろ手に窓を閉めた。千代子は、おや、と思って眼を凝らす。磨りガラス越しだが、男の子たちのTシャツの明るい色ははっきり見分けがつく。窓を閉めた黄色いTシャツの男の子は、床に座っていた白いTシャツの男の子の背後にまわり、両脇に腕を差し入れて抱き締めた。あっ、と声が出そうになった途端に停止していた電車は動き出し、二人の男の子のいる家は千代子の視界からはずれた。

今のは何だったのだろう。ホモセクシュアル的な行為に決まっているのだけれど、どうしてまたわたしの勝手な夢想が現実に起こることと一致したのだろう、まるで天の恵みのように。感情が乱れているせいで幻覚を見たのだとは思えなかった、そんな経験は生まれてこの方一度もない。何百分の一か、何千分の一かの奇跡的確率でしかあり得ない偶然が起こったと考えるほかはない。千代子は昂揚していた。励ましを受けたような気持ちだった。これでわたしは少し楽になれる、今日一日だけでも。千代子は瞼を閉じた。河馬男の微笑む顔が、暗闇の遠い所に静かに浮かんでいた。

＊　＊

ダーリンって誰？　それに、この千代子って誰？　後で送る詰問状にちゃんと答えること。

# 11

## 詰問状

詰問1　詰問なんかしなきゃいけないのは不幸なことよね。だけどこれもあなたが悪いのよ。全く、言いたいことがいっぱいで何から始めたらいいのかもわかりゃしない、なるべく冷静に問い質して行きたいけれど、どこまで冷静さを保てることやら。ああ、何だかここのところのあなたの文体がうつって来たみたいで気持ちが悪い、気持ちが悪いといえば、その最たるものはあなたに「ダーリン」なんて呼ばれることよ。わざわざそういうセクシュアル・ハラスメントをする理由を聞かせてください。

答弁1　その場の乗りで出たことばにそんなに目くじら立てなくたって。わたしだって気持ち悪いなと思いながら書いたんだから。あなただって第五話の時にわたしに「ベイビー」って呼びかけたじゃないの。あなたとわたしの間に性的関係が生まれるわけがないのは、わかりきったこと。それよりも、文体模写で人をからかおうとしないでください。あんなわざと書いてるクソ文体、どうでもいいんだけどね。

**詰問2　これは本当に言いたいことなんだけど、全然素直に人のいうことを聞かなくって、ひねくれた反応ばかり返して、こっちが「じゃあもういい」って退いたら途端に「見棄てないで」とか何とか言って甘ったれて呼び戻そうとする、高校の時から変わらないあなたの子供じみた性癖は何とかならないものなの？**

答弁2　ああ、言われてたねえ、昔から。「あなたはガラスの向こうでいじけて下を向いてて、こっちが一生懸命ガラスを叩いて呼んでもちっとも振り向かないから、『だめか』と思って行こうとすると、途端に駆け寄って来てガンガンガラスを叩いて引き止める」って。あの時言い合いになったよね、わたしは「あなたはわたしがガラスの檻《おり》に閉じ籠もってるって言いたげだけど、わたしに言わせればわたしのいる側が檻の外で、あなたこそがガラスの檻の中から外にいる人に訴えかけてるのよ」って。近くで聞いてた元居くんが呆れたみたいに「どっちだって変わりゃしねえよ。おまえら同類だよ」って口出したっけね。失礼な。今ここでまたまた反論するけれど、あなたの要請でわたしは小説を書いて見せ始めたのにあなたは文句ばっかりつけて、こちらは「アメリカとSMから離れろ。日本人の異性愛を書け」っていう要望にも応じたのにそこはまるで評価してくれない、あなたこそ我儘なんじゃないの？

詰問3　第八話、第九話と、確かに私の希望通り異性愛の出て来る話ではあるけれど、何だっていつもいつも同性愛の話題も一緒に語られるわけ？　その前の第七話に対して私がつけたコメントが気に障《さわ》ったからなの？　でも、「そこそこ器用に何でも書けるって言いたいがための作品」って当たってるでしょ？　回答の際には「アメリカの急進的ゲイ解放運動家が、小説や映画で同性愛を登場させないことは、同性愛を排除し抑圧しているということである、と言ってるから」なんていうふうな出まかせでごまかさないように。

答弁3　あなたこそ、って詰問されるたびにいちいち逆襲したいわけじゃないけれど、同性愛恐怖症でもあるまいに、どうして同性愛の話題が出るのがそんなに気になるの？　わたしはむしろ、高校の頃ともに同性愛やSMについて語り合ったわたしたちの思い出に捧げるつもりで、ああいう内容にしたんだけど。ほんとうに同性愛やSMに興味をなくしたと言い張りたいの？　まさか、「あたし、そんなもの、もうとっくに卒業したの」なんて、大人ぶりたいガキのよく言う科白を口にしたいわけじゃないだろうね？

詰問4　私が解せないのは、あなたの趣味嗜好がどのようなものであれ、あなたにもOLをやったり旅行に行ったり同性愛やSMなんて思いもよらないという種類の人たちと喋ったりといった、ごく平凡な生活があったはずなのに、そういう平凡な題材を採り上げないことなの。どうしてなの？

答弁4　わたしは普遍性のある平凡な世界しか描いていないと思うんだけど。あなたの眼には平凡に映らないんだとしたら、恐怖症ゆえに同性愛やSMの部分にばかり過剰に反応してしまうせいでしょう。それとも、庭先に野良猫が来たり老夫婦が甲府に旅行に行ったりするような、淡白な小説を書けってこと？　それもいいね。

**詰問5　第八話で、作中の語り手が作品を越えて現実のこの私に語りかけるっていうつくりも、安っぽくて気に入らなかったんだけどね。第九話の千代子って何？　私をモデルにして勝手なことを書いたその意図を、納得の行くように説明してください。「別にあなたがモデルじゃない」とかいった逃げ口上は通用しないと思ってよ。河馬みたいな顔をしたデブ男と腹踊りのエピソードなんて、あなたに話した通りじゃないの。話すんじゃなかった、全く。**

答弁5　あの時はねえ、ネタ切れだったの。それで、やむなくあなたから前に聞いたエピソードを使ったの。第九話ともなると、なかなか想がまとまらないってこともあるでしょ？　あなたは「毎月一本は書け」なんて、厳しい要求を出してるんだし。しかも、「長いものは読むのが面倒だから、二十枚以内一話完結」って制限もあるしね。ほんと、わたしはプロの作家じゃないから結構つらいのよ。モデルの件についてはね、真面目な話、聞いたエピソードを使わせてもらっただけで、あなたを千代子として書いたつもりはないの。ホモセクシュアル・ファンタジーに陶酔する、あるいはかつてしていたっていう共通点はあるにしてもね。千代子の職業とか年齢とか細かい点はあなたと違ってるし、河馬みたいな顔をした男はあなたから聞いた話では犀《さい》みたいな顔だったし、好みのファンタジーの内容だって子供の頃から記憶している男同士の光景の内容だって、あなたから取材したものじゃないでしょう？　たった一つのエピソードを借りただけでモデルにしたと思われるなんて考えもしなかった。こういう答では納得が行かないでしょうか。だってねえ、いくらわたしでも、家賃も払わずこの家に住まわせてもらってる居候の身分で、わざわざあなたを怒らせるような真似ができると思う？　状況証拠で恐縮ですが、何とぞご理解いただきたく存じます。

詰問６　腹は立ってるけど眠くなって来たから、これで最後の詰問にする。私は明日も仕事だから。肝心なことよ。あなたは、この家の一部屋にただで住んで家賃代わりに小説を書いて私に読ませる、という当初の申し合わせに何か不満があるの？　たとえば、築三十五年のボロ家の家賃として約二十枚の原稿は高過ぎる、とかさ。もしそうなら、遠回しに嫌みな真似をしないで言いたいことをちゃんと言って。

答弁６　不満なんてめっそうもない。仕事が見つからなくて収入がなく頼るべき親も恋人もいないわたしに、築三十五年であろうが雨風しのぐ住《す》み処《か》を与えてくれてるあなたにはとても感謝してます。あなたは「仕事を探せ」ってせっつきもしないしね。全くこの不況、何とかならないのかしら。それでなくても四十歳の女に就職の機会は乏しいのに。公務員職を選んだあなたは賢明だったねえ。わたしの親は持ち家なんか残してくれなかったし。愚痴を言っても始まらないか。ええと、だから、申し合わせそのものには何の文句もありません。高校の時みたいに、あなたがわたしの書いた物を読んで楽しんでくれれば、わたしも嬉しいし。ただ、こっちはこれでもパソコンに向かってる時は真剣に集中して書いてるのに、楽しんでもらえないのなら徒労感が募るばっかりなの。あなたはわたしのことを「どこか変わった」って言ったけど、あなたも変わったよね。それとも、変わったふりをしてるの？　わたしはまだ半信半疑。

＊　＊

しつこいと思われるかもしれないけれど、あなたの答弁ははぐらかしてばかりのように思えてますますいらいらして来た。ということで、再度お伺いします。私も言いたいことを言うから、あなたもそうして。

＊　＊

詰問状・第二弾

詰問7　「あなたも変わったよね」って、二十年以上たてば人が変わるのはあたりまえじゃない。大人ぶりたいガキの言う科白であろうがあるまいが、私は同性愛だのSMだのはとっくに卒業したの。ファンタジーより現実を選んだってわけよ。あなたに「変わった」って言われるまでもなく、私は前から「変わった」って自分で言ってるでしょ。あなたは自分では変わってないって言うけれど、変わらないままでいられることにだって何かそうならざるを得ない理由があるんじゃないの？　同性愛好きSM好きっていうような表面は変わらなくたって、二十数年の間には奥深い所でいろいろ揺れ動きがあっただろうと思うんだけど。別にあなたのプライヴァシーを告白させたいわけじゃない。どうせあなたはまともに告白なんかしやしないだろうから。ただ、自分は変わっていないというあなたは、変わっていないことに誇りを感じているのかどうか、ということだけ教えてください。

答弁7　わたし、自分は変わってないなんて言ったっけ？　それに、「言いたいことを言う」って宣言したわりには、遠回しで入り組んだものの言い方してるじゃないの。お答えすれば、わたしは自分の何に関しても誇りなんか抱いてはいません。で、あなたはどうなの？　青二才の時代に育んだファンタジーを棄てて、今は現実の世界にきちんと向き合った成熟した大人であることを、誇りに思ってるの？

詰問8　あなたが作品中で執拗に同性愛を話題にすることは、はっきり言ってとってもうっとうしいの。「高校時代のわたしたちの思い出に捧げるつもりで」ってあなたは書いてたけど、私には「昔に戻れ」って無理な注文を出されてるような気がするだけよ。実のところ、それが本音なんじゃないの？　ノスタルジーに囚われててもいいことはないわよ。あなたは過去を引きずるタイプなのよね。それはあなたの勝手だけど。

答弁8　通俗心理学を援用するなら、あなたがそれほど同性愛の話題を嫌がるのは、同性愛のファンタジーを楽しんでいた過去を抑圧してるからってことになるんだろうけど。わたしのことを言えば、あなたが思うほどノスタルジーに囚われてるつもりじゃないのよ。確かにあなたとわたしを結んでるのは主に、高校時代から二十代前半にかけての思い出だけど。今や同じ家に住んでいても顔を合わせることはあんまりなくって、フロッピーの遣り取りがコミュニケーションの手段なんだものね。あなたに昔に戻ってほしいのかどうか、わたし自身にもよくわからないの。今さら人とファンタジーの交換をしたってそう楽しいとは思えないし。ただ、「言いたいことを言え」っていうことばに甘えさせてもらうと、あんなに楽しんだ昔のことをなかったかのようにしているあなたを〈裏切り者〉って、ちょっと思わないでもないです。

詰問9　話は変わるけど、答弁1にある「あんなクソ文体」っていう言い草は大いに気に入らないわね。どうして自分で自分のことをそんなふうに言わなきゃいけないの？　あなたが時々見せるこういう韜晦《とうかい》ぶりがとっても鼻につく。今度はこっちが過去にこだわるようだけど、高校の頃のあなたはもっと素直だったわよね？

答弁9　韜晦かな？　純粋に文学論の問題だと思うけど。これまでわたしが書いて来た文体や形式のヴァリエーションなんてほとんど、猿でもできる小手先の芸でしかないんだもの。そりゃ高校の頃は素直でしたよ。まだ世間の辛酸を舐めていませんでしたから。このあたり、確かにわたしも変わったよね。

詰問10　これを言うとあなたは嫌がるだろうけど言います。「わたしはプロの作家じゃないから」ってくだりがあったけど、プロの作家だった時期があったじゃないの、二十歳で新人文学賞を受賞して。一冊本も出してるし。世間は忘れても、私は忘れてないわよ。この際訊くけど、なぜプロの作家の道を断念したの？

答弁10　プロの作家っていったって、三つか四つ中篇小説書いて原稿料と印税をもらってそれっきりだもの。そんなのプロっていう？　一冊本が出たからって文学・出版業界で認知されたわけでもなく、褒められもしなければ売れもしなかったんだから、大袈裟に言われると身が縮むだけよ。断念云々という点は、わたしが主体的にプロの道を断念したんじゃなくて、あの業界に必要とされなかった結果消えざるを得なかったってこと。編集者が連絡くれなくなって終わりよ。まあ、いずれにしても二十年前のこと。あの頃何を考えて作家になろうとしていたのかももう思い出せません。

**詰問11　世の中には、注目されない時期が長くても苦節十年で認められるようになる作家もいれば、ある新人賞を取ってうまく行かなければ、しばらくの後に他の新人賞に応募し直して見事受賞し再デビューする作家もいるようだけど、あなたがその道を選ばなかったのはどうしてなの？**

答弁11　あなたが言ってる人たちは特殊な例だと思う。いっとき小説を発表していても消えてしまう書き手の方がずっと多いんじゃないの？　わたしは平凡な多数派なのよ。

**詰問12　詰問でもないけれど、旧来の出版というかたちではなく、インターネットで作品を発表するという方法についてはどう思う？**

答弁12　インターネットってどうすれば繋げるの？　あなたからもらったこのパソコン、電話の差し込み口に接続してみたけど全然繋がらなかった。あなたの使ってるアイマックとかいう機種なら繋げるの？　で、インターネットで作品を発表したとして、無名の作者の書いた物なんか誰が読むの？　それと、収入には結びつくの？　ああ、インターネットのことは全然わからない。電子メールのことは『ユー・ガット・メール』を観たからおおよその見当はつくけど。

詰問13　今夜もだんだん眠くなって来たのでこの質問で最後にします。私の要請で小説を書いていて、少しは楽しいですか？　私のつけるコメントはまあ別にして。

答弁13　あの、思い過ごしかも知れないんだけど、高校の運動部とかでよく、「退部する」って言い出した部員に同学年の他の部員たちが寄ってたかって「どうして辞めるなんて言うの？　卒業まで一緒に続けようよ」って、そうした方がいい具体的な理由は何一つとしてないのに、引き止めようと無闇に説得することがあるじゃない？　それとか、ライフワークと思っていたことに挫折して厭世観・倦怠感に囚われて虚ろな日々を送ってる主人公が、まあ何かいろいろあって「そうだ、もう一度やり直してみよう」って再びライフワークに立ち戻る、というふうな産毛がざわざわして来そうにハッピーな作り話。いくつか訊かれたあげく「小説を書くのは楽しいか」なんて質問をされると、どうもそういうものが連想されるの。でも、きっと思い過ごしでしょう。久々に小説を書いているとふっと夢中な瞬間が訪れることはあります。だけど、わたしのそんな喜びはしょせんオタクの喜びに過ぎないから（認めてもいいです。わたしはオタクの一種。身なりにはかまうけれど）。

＊　＊

裏切り者で悪かったな。だけど、あの当時「一生変わらずホモセクシュアルとSMのお話して遊びましょ」なんて誓い合った覚えはないわよ。それから、アイマックじゃなくてiMacって表記するの！　インターネットに繋げないって、プロバイダーと契約してパソコンの設定やらなきゃ繋げないわよ。それにしても、あなたみたいな陰鬱なオタクの気持ちはほんとにわかりかねるわね。そんなふうだから、友達がいなくなるのよ。次回作であなたがどう出るか、楽しみにしてるから。

## 12

友達募集中。報酬月一本の短篇小説。応相談。

＊
＊

第十話　トキコ

起き抜けに一時間ほど『ポケットモンスター』の金銀ヴァージョンを楽しんでから一階に下りると、ダイニング・キッチンのテーブルの上にはコーヒーの少し残ったマグカップの他に、使用済みらしい単三電池が二個と〈虫とり大会　火木土〉とか〈しろぼんぐり＝スピードボール〉等と書かれたメモ用紙が置かれてあって、この家の家主もローソンで予約して『ポケットモンスター』シリーズの新作を買ったのだということがわかる。前作の赤緑ヴァージョンは三年前一緒に買いに出かけて、当時わたしが都内に借りていたアパートで同時に始めた。ゲームボーイと攻略本が見当たらないところを見ると、家主はバッグに入れて仕事に出かけ昼休みや行き帰りの電車の中でもやっているのだろう。わたしは失業中なので一日中ゲームを進めることができる。朝食兼昼食をトーストとコーヒーで手早くすませると、再びゲームボーイの電源を入れる。ゲームの主人公につけた名前はトキコ、朱鷺子というわたし自身の名前を漢字から片仮名にしたものだ。画面のアニメーションでは主人公は男の子の姿をしているのだが、あまり気にならない。架空世界の住人にふさわしい片仮名の名前でありさえすれば現実世界から降りて行くには充分で、ゲームを始めるとともに朱鷺子からトキコとなり、まだ見ぬ種類のポケットモンスターを探す旅を再開するのである。

　トキコは朝の八時からポケットモンスターを求めて草叢《くさむら》に踏み込む。夏とはいえ密生した草叢の中の土は冷たく湿っている。草の葉に溜まった夜露が滴り落ちて、膝丈のパンツの下の剝き出しの脹脛《ふくらはぎ》を伝わりソックスに滲み込む。足元から身震いが這い上って来る。顔に当たる陽光だけが温かい。思いついて、露を両掌に集めて顔を洗ってみる。しかし、必要な分量の水滴は集められず顔を濡らしただけに終わる。さて本腰を入れて新種のポケモンを探そうとあたりを見回すと、いかにもポケモンがひそんでいそうな枝ぶりの若木があるのに気がつく。すでに捕まえて飼い馴らし旅の道連れにしたポケモンにあの木を揺さぶってもらえば、未知のポケモンが落ちて来るかも知れない。木を揺する技を憶えているポケモンがちゃんとついて来ているのを確かめてから、まっすぐに木に向かって歩き出したその時、突然前方の草叢が大きく揺れ、一匹のポケモンが緊張した吠え声を上げて跳び出して来る。驚いたトキコは後ずさった拍子に尻餅をついてしまい、パンツの尻全体にべったりと冷たい泥がこびりついたのを感じる。どこかで洗濯しなくてはと考える一方で、手は自然に道連れのポケモンの一匹に助けを乞う合図を出している。頼もしい旅の連れはトキコの前に立ち塞がり、侵入者に昂奮している相手のポケモンを威嚇する。やや落ちついて見ると、相手のポケモンはすでに捕えて仲間に加えた種類のものである。捕まえようとするならばポケモン同士を闘わせなければならないが、その気がなければ逃げるにしくはない。トキコは味方のポケモンの後ろ姿に呼びかける。そして、一緒に泥まみれで草叢を跳び出す。

実際には、そうしたゲームの設定に基づいてはいるものの自由な解釈と脚色を交じえた空想を繰り広げるのは、ゲームボーイの電源を切って一休みし、自分が今いるのはポケモンのいる世界ではなくて、築三十五年の家屋の、黒ずんだ天井と日焼けした畳と触ればぼろぼろ粉末の落ちて来る塗壁に囲まれた六畳間、あるいは時流に取り残されたリノリウム張りの床に親の代から使っている飴色の和風の食器棚、よく磨き込まれてはいるが脚の部分に大きな疵《きず》のある四人掛けのテーブル、扉が五つついた比較的新しい冷蔵庫等が置かれたダイニング・キッチンであることを確認し、架空世界のトキコから現実世界の朱鷺子にゆっくりと戻った後である。時には、ゲームボーイから手を放してもまだゲームの中のダンジョンにいるのに似た感覚に陥ることがあるのだが、それは長い時間やり過ぎて頭の芯まで痺れたようになっているのと、目下住んでいるのが自分の家ではなく人の家だからなのだろう。居候させてもらってもう十箇月ほどになる。家主はもともと高校の同級生で、学生時代はこの家にも何度も遊びに来たものだけれども、いざ住んでみるとかえって知らない家だという感じが強くなる。ついついダンジョンに見立てて落ちているアイテムはないかと家中をうろうろ探し回りたくなるのである。

もちろん朱鷺子は泥棒や探偵や嫉妬深い恋人ではないので普段から家探《やさが》しなどはしない。家主が出勤した後の午前中の遅い時間に起きると、ダイニング・キッチンに下りて食事をする。たまにダイニング・キッチンと隣合ったリビング・ルームで寛ぐこともあるが、食事の後は早々に自室に引き上げるか用を足しに外出する。午後七時頃には夕食とそのかたづけをすませて、家主が帰宅する前にまた二階に上がる。次に一階に下りるとしたら入浴か夜食をとるため。いつの間にかそういう、家主とすれ違いになるスケジュールで生活していた。リビング・ルームと廊下を挟んで向かい合った家主の部屋には、招かれもしないので久しく入ったことがない。

しかし、トキコならばこの家で朱鷺子には見えない落とし物を拾い集めることができるだろうか、とわたしは考えてみる。たとえば家主が十代の頃『ミュージック・ライフ』等から切り抜いたマーク・ボランの記事のファイルとか、高校の時に出た『ユリイカ』のジャン・ジュネ特集号とか、かつてわたしたちが交互に絵やら文章やらを書きつけたスケッチ・ブック等。そういった保存品を、わたしは引っ越しを繰り返すたびに処分したりなくしたりしてしまったので、記憶の中でしか読み返すことができない。それから、家主だけが持っていてわたしが持っていない物、一時期少女マンガ誌の中でいちばん面白かった『ララ』の創刊記念プレゼントに応募して強運にも当てた山岸涼子のイラスト入りエプロンとか、今や歴史的資料かも知れない二十年前の日本のゲイのミニコミ雑誌とかが、どこかにひっそりとしまわれているのではあるまいか。だが、ほんとうに家主が保存しているかどうか知らない。

とりあえず朱鷺子はトキコを解き放つことにする。トキコはテーブルの上に載り、体を三百六十度回転させダイニング・キッチンを眺め回す。何も見つからなかったらしく、テーブルを下りると廊下に出て行く。次に家主の部屋の扉の前に立つ。だが、開けようとはせずしきりに首をひねっている。どうやら今はまだ入ることのできない部屋らしい。踵《きびす》を返して逆の方向に向かう。洗面所兼洗濯機置場兼脱衣場であるスペースに入る。折畳み式の木の枠のついたランドリー・バッグが二つ、一応お揃いで用意した物で、一つは緑色、一つは黄色、家主と朱鷺子がそれぞれ専用に使っている。家主は自分の汚れ物には決して手を触れるなと言う。家の掃除はしたいだけしてくれて結構だが洗濯だけはするな、と。朱鷺子もそれには賛成で、襟足の汚れもソックスの裏の汚れも人には見られたくない。家主は勤務先の休日である月曜日にまとめて洗濯をしているようだ。洗面台の基礎化粧品も、浴室の石鹸やシャンプーもタオルやボディ・ブラシも、何一つ共用している物はない。しかし、家主の愛用しているクランスのリフト・マンスールを朱鷺子は一度こっそりためしてみたことがある。

朱鷺子が主に使う二階のトイレにはどこにでも売っているような安物の芳香剤の匂いしかしないが、一階のトイレにはテール・ドークルとかいう種類のアロマ・オイルの香りが立ち籠め、たまに入るとたいてい壁におまじないのように本屋でただでもらえる出版社のPR雑誌が立てかけられてある。洗面所で見かける家主のタオルは洒落《しゃれ》た色合いの物ばかりだが、トイレのタオル掛けにかかっているタオルは決まって白無地である。例外として、時々ミスタードーナツのプレミアム・グッズの派手なタオルがぶら下がる。便座カバーの色は赤。ウォシュレットはない。換気扇もなく奥の壁の小窓が少し開いている。

トキコはまだ何もアイテムを拾えない。トイレを出て玄関に回る。ここは朱鷺子には馴染み深い場所で、家主としょっちゅう本やレコードの貸し借りをしていた学生時代は、貸し借りする物の交換のためだけのつもりでこの玄関先に立ち寄り、借りた物の感想等を伝え合っているうちに話が長くなって上框《あがりがまち》に腰かけたまま一時間以上話し込むことがよくあった。ある日は他の友達と一緒に家主の機嫌をとりにやって来た。あれは『エマニエル夫人』が公開された年、雑誌でこの映画についての情報を読んだ朱鷺子と家主と他数人のグループは、こんなクソあほらしいセックス映画、誰が観に行くもんかと意見が一致、『エマニエル夫人』の話題で盛り上がる他の同級生たちを冷ややかに眺めていたのだけれども、朱鷺子の方は、グループの一人が家に泊まりに来た時一緒にテレビの新作映画特集番組で、『エマニエル夫人』の一部を観、学者か何かの女がエマニエルの頭にアポロ・キャップを被せる場面で、エマニエルがキャップを前後逆にとか斜にとかいろいろな恰好で被せられるたびに見せるすました表情ややんちゃな表情の変化があまりに可愛らしかったため、その友達と「観に行こう！」という話になり、家主に黙って観に行ったのがばれて機嫌をそこねたのだった。

どうやら家主も同じ番組をその日訪ねた親戚の家で観て、やっぱりこの映画は観るべきかと思ったものの言い出せなくて悩んでいたらしい。謝りに行くと、むっつりとした顔で今は朱鷺子に貸している二階の部屋から下りて来て、朱鷺子ともう一人の友達は、何ならわたしたちはあなたと一緒にもう一回観てもいい、とまで下手に出て家主は、そこまでしてもらわなくてもかまわない、と言い、それから三人でラーメンを食べに行き一件は落着したのだが、実は朱鷺子は玄関の靴箱の上の鉢植えの陰に砂色のヤモリが一匹、先の丸い指をしっかり拡げ、どこを見ているのかわからない半分眠っているような瞳でじっとしているのが、謝っている間も気にかかってしかたがなかったのだった。鉢植えはもうなく、靴箱の上には白檀の象の置物と、どういうわけか花ではなくて頭の所に縞馬やら犀やらを彫り込んだ民芸品調の箸が三、四本挿されたピューター製の細長い花瓶が飾られている。

トキコは二階に足を運ぶ。二階は二部屋、トイレが一つ、部屋と部屋は階段とごく短い廊下で隔てられていて、初めて遊びに来た時朱鷺子が日本の住宅事情からすると贅沢な空間の使い方だと感心すると、親が姉弟の部屋ははっきり仕切っておかないと近親相姦でもされちゃ困ると考えたんじゃないの、と家主は答えた。家主の二つ違いの弟は当時人と眼を合わせない頬の赤い内気な中学生で、何度もこの家ですれ違いはしたが挨拶くらいしか交わしたことはない。高校に入ると姉とも両親とも口をきかなくなって、卒業後は調理師の学校に進み二年ほど働いた後日本を飛び出して、今はヴェトナムかどこかの日本食レストランで働いているそうである。両親が揃っていた頃も、父親が先立ち母親と家主だけの暮らしになってからも、めったに帰国しなかった弟の部屋は、十年前から納戸扱いになっていて、詰め込まれた簞笥や本棚で二つある窓も大部分が塞がれ、昼間でも灯をつけなければ本の背表紙の文字も読みづらい。そこは亡霊部屋だからモンスターに気をつけて、と朱鷺子はトキコに声をかける。「亡霊部屋」というのはもともとは家主の言ったことばだが、確かに、簞笥にしまわれた両親の遺品には両親の霊が宿っているだろうし、本棚にはかつて家主が耽読し今は顧みることもなくなった本が墓標のように並んでいるし、もしかすると、おそらく周囲の物事に不満があったに違いない弟の怨恨が四方の壁に塗り込められているかも知れず、朱鷺子も読む物を借りるのにこの部屋に入ってもじっくりと選び出す気にはなれなくて、適当に眼についた数冊を取り出すと早々に出て行くのである。そのため、家主の蔵書の全体はいまだに把握できていない。アイテムを拾えないトキコの顔にはしだいに苛立ちが滲み出す。朱鷺子の部屋の前まで来ると、よく知っている場所だから探るのは省略しようかと迷う風情も見せたが、粘り強さを発揮して扉に手をかける。朱鷺子が引っ越して来る直前、この部屋にあった家主の家具や持ち物はみんな階下の部屋に朱鷺子と家主で移した。引っ越しに馴れている朱鷺子は、移動中中味が飛び跳ねないように引き出しの中に押えの新聞紙を入れたり、引き出しその物を飛び出さないようにガム・テープで止めたりといった方策を憶えていたので、少しだけ家主に尊敬された。そうして後は電話線を引いてアパートから荷物を運び込むと、家主の部屋は朱鷺子の部屋になった。朱鷺子の持ち物の数は二十代の半ばからほとんどふえていない。食卓も書き物机も兼ねた家具調炬燵一つ、衣装棚一つ、ステレオ・システム一式、レコードやＣＤも収める本棚二つが、基本の設備である。本棚は二つ以上にふやさないことに決めている。この頃は新しい本もＣＤも買わない。テレビは越して来る時に捨てた。食器類も家主の食器棚に入れさせてもらう最小限の物だけ残して始末した。ゲームボーイ・カラーは今回の『ポケットモンスター』用にこの間手に入れたし家主のお下がりのノート型パソコンももらったが、財産らしい財産のない朱鷺子の所持品は学生の所持品と変わりがない。それでも、所持品を家中に分散させて置くことのできる家主の部屋だった頃に比べれば、一部屋に収める分量が多いせいで、この部屋は随分狭くなったように感じられる。

アイテムを探して歩き疲れたトキコは朱鷺子の部屋から動かなくなる。朱鷺子も愛用の座椅子にもたれかかる。弟の部屋を「亡霊部屋」と言った家主のことばには同感だったけれども、考えてみれば二十年以上身の回りの品々の変わらないわたしの住む場所も、まるで永遠に変わらないように呪いをかけられた空間のようではないか、と思い当たる。二十一歳の時に初めて実家を出て、実家の部屋とこの部屋も含めて六つの部屋に移り住んだのだけれども、居室の広さは常に六畳、家具の配置は部屋によってコンセントの位置や窓の数が違ったので一定ではないが、そう目覚ましい変化があるはずもなく、部屋の外側ばかりが変わって部屋の容積と中味は同じまま、四十歳の今日まで来たのだった。もちろんそれはわたしの精神性を象徴しているのではなく単に経済力のなさを表わしているのだ、と胸中で朱鷺子は呟く。金がほしい、マンションが買えるくらいの。

家主にしても公務員なのだし特に経済力があるわけではない。ただ親の建てた家が残されて、本来は遺産を等分に受け継ぐはずの弟が遠くに行ったので、朱鷺子よりやや恵まれた暮らしをしている。高校の頃は家主も、まさか弟が日本からいなくなるとは予想もできず、家はこの国の慣習通り長男がもらうのだろうと思っていたので、この部屋で学習机の脚に寄りかかって、お金がほしい、とぼやいていた。もし今十万円あったら好きな作家の中で誰の全集を買うか、などという話題に興じ、二人で紙とシャープ・ペンシルを出し真剣に全集を買いたい作家をリストアップしたものだ。朱鷺子が、もしわたしが作家になれて本がよく売れたら家を建てて一階に住まわせてあげる、と口にしたのはその折りのことだったろうか。その頃は塗壁も天井も今よりずっと明るい色をしていたと記憶する。家主は悪い気はしなかったようだが、あなたが二階でわたしが一階に住むんじゃ女中部屋に置かれてるみたいじゃない、と文句を言った。ところがなぜか今この家で、朱鷺子が二階に住み家主は一階の両親の寝室だった部屋に暮らしている。

休憩して体力の回復したトキコは、一階をさまよい始めた。探求心旺盛なトキコはまだ覗いていない家主の部屋に入ってみたくてしかたがないのである。そこは今は絶対に入れない、ゲームの順序として何かをすませた後でなければ扉は開かないのだということを、朱鷺子は知っているしトキコだってわかっているだろう。トキコはどこで何をどうすれば扉が開くのか一心に考えている。このダンジョンはアイテムの拾えないダンジョンで、あの部屋にだって何も落ちていないはずだ、と朱鷺子はトキコに伝えたい。あの部屋に確実にあるのはｉＭａｃというパソコンと机、チェスト一つ、主に辞典の類を収めた小さ目の本棚一つ、それらは朱鷺子が手伝って二階から運んだ物だけれども、今はもう少し品数がふえているかも知れない。ベッドはない、家主は朱鷺子と同じで蒲団が好みだから。両親の寝室だった頃にはセミダブルのベッドがあった、そう聞いた憶えがある。いつどんな話の流れで聞いたのだったか。

たぶん五年くらい前、まだ家主の母親が生きていた頃のこと、朱鷺子と家主は七、八年ぶりに会って和食レストランでしゃぶしゃぶを食べた。お互いに若くなくなったよねと言い合った後、親の話になって家主が語ったのが、母親は父親が死んでからめっきり気が弱くなった、ある晩夜更かししてダイニング・キッチンで夜食をとっていたら寝室から啜《すす》り泣きの声が聞こえる、ドアを開くと母親が夫亡き後一人で使っているセミダブルのベッドの上で上半身を起こし、さめざめと泣いていて、どうしたのかと尋ねると、死ぬのが怖いよう、とひときわ高い泣き声を上げた、という顚末《てんまつ》。その話の後少しの間、家主も朱鷺子も非常に暗い気持ちになり、暗い気持ちを追い払おうとしてやたらに早いペースで生肉を鍋に突っ込んでは口に運び、がむしゃらに食べた。

四十歳になった家主はあの部屋で夜「死ぬのが怖い」と怯えることがあるのだろうか。朱鷺子は半年に一度くらい死ぬのが怖くなる。自分はどこで死ぬのかわからないけれども、家主はきっとこの家で死ぬのだろうと思う。家主が死んだ時にまだ朱鷺子が生きていれば、朱鷺子はもう一度トキコをこの家に解き放つだろう。その時トキコはアイテムを見つけることができるかどうか。成果はともかくトキコが生き生きとした様子でこの家を探索しているところは是非眺めていたい、と朱鷺子は願っている。

＊　＊

また人のことを作品に出してるけど、今回は前ほど不愉快じゃなかったかな。これは一捻りした私小説なんですか？　だけど、あなたの名前は朱鷺子なんていう優美な名前じゃなくって昌子でしょ。それと、これまでに比べてちょっと元気がないんじゃないの？『ポケモン』のやり過ぎ？　家主より。

あのさ、小説の主人公の名前とわたしの名前の印象の喰い違いよりもさ、毎月渡してる小説をほんとうにこのわたし、昌子が書いているのかどうかってことを、気にしてみたら？　もしかすると別人が書いているのかも知れないし、何かから丸写ししてるのかも知れないでしょ？
ねえ、磯子ちゃん。

13

＊

＊

第十一話　マサコ

もう間もなく、来年の三月でわたしは四十一歳になるのだけれど、日本人の女の平均寿命まで生きるとしてあと四十数年、どうやって食べて行くかということが最大の気がかりであり、約四十年間の来し方を振り返ることはあまりない。いや、人並みにはあるのかも知れないが、わりあいに生き生きと思い出せるのは二十代の前半までで、二十代後半から今日までは特に思い出すための手がかりになるような際立った出来事も乏しく、試みに振り返れば、薄汚れた白っぽい古布がところどころでたるみ波打った恰好でべろりと地面に敷き延べられているのを見るような、ほとんどのっぺらぼうな印象しかないのである。

アルバイト暮らしをやめて就職したのは何歳の時だったか、あの人やあの人と遊び仲間だったのは何歳から何歳までの間だったか、社員旅行でグアムに行ったのはいつ頃だったか、そういったことを正確に思い出そうとするととても時間がかかるし、何とか見当がつけられても間違いがないかどうか自信は持てない。問い方を変えて、西暦一九八九年は自分にとってどんな年だったかと自問してみても、全く何も思い浮かばない。年齢も暦の上の年も、いつの間にか生活感とはまるで結びつかないものになっている。わたしに限らず、特に波乱のない平凡な人生を送っている人の記憶はこんなふうなものなのだろうか。

今、二十五歳だったか二十六歳だったか、そのあたりの年頃、このままアルバイトを続けながら没にされる原稿をふやして行くよりも、小説家になろうという希望をさっぱり棄て、就職して毎月の収入の保証された生活に入るべきか、と思い迷っていた時期のことを甦らせようとしている。けれども、あの陰気な気分を甦らせるのには心理的な抵抗があるのか、意思と裏腹に頭は肝心なところを絶妙にカーブを切ってすり抜けて、思い出そうとしていることとは関係がない上に取りたてて意味もない記憶の断片ばかりを拾い上げる。たとえばアパートに遊びに来た友達を夜になって駅まで送って行く途中、フェアレディがすっと近づいて来て運転席の青年が「ねえ、時間ない？」と訊くのに「また今度ねえ」とか何とかわたしが答えると、友達が「今みたいにナンパを余裕持ってかわせるようになったのは、いつ頃から？」と尋ねたこと等。そんなつまらないことを憶えている理由は何なのか。

思い出す努力をしたい。当時わたしが住んでいたのは、二階建てのアパートの一階、西南向きの角部屋で、風呂はなくトイレは共同、今日この頃の基準からすれば貧しい住まいだけれども、バブル景気以前の一九八〇年代半ばのことだから、そんなアパートでも学生は住めず住人はみんな勤めを持った女性だった。窓の外は住人が共同で使う物干し台のある中庭、貧しいといえば、わたしは共同の物干し場だけではなく自室の軒先にも物干しロープを張り小物を干すのに利用していて、ロープの端に洗濯挟みをいつでもすぐ使えるようにいくつも挟んでいたのだが、買ったっていくらもしない洗濯挟みがそのアパートでは盗まれた。盗んだ人間はばつの悪さも感じないらしく、盗んだ洗濯挟みをいつまでも堂々と使い続けるのだった。

その部屋でわたしは採用されることのない小説を書き、アルバイトに出かけた。実のところ、アルバイトをしている時は昼間の仕事だけで疲れてしまい、夜は食事をとって銭湯に行って寝るだけで、書くための時間を割くことは難しい。会社員をしながら小説を書いていた経験のある作家はたくさんいるはずだから、自分にそれができないのはおかしなことではないかとも考えたが、できないものはできないのだった。八十枚とか百枚の小説を書くのに四箇月はかかった。それを編集者に見せるとまずは不出来な部分を指摘されるので、書き改める作業に入る。しかし、不出来な部分というのはその部分だけの問題とは限らず、作品全体にわたる大きなものとかかわっている場合もあって、それが具体的に何なのかということになるとわたし程度の小説の初心者にはなかなか見きわめられず、編集者の方も明快には説明できなかったりして、結局は手探りで全面的に書き直すことが多かった。それにまた二、三箇月要する。さらに細かい手直しを要求される。そうやって何度も原稿が編集者との間を行き来する。あげく結局は没になる。大学を卒業してからの数年間、その繰り返しだった。

初めのうちはつらいとは感じなかった。小説家が作品を没にされる話ならいくらでも読んだ憶えがあるし、一冊本を出してもらうところにまでは行ったとはいえ、自分のような未熟者がそう簡単に書くことを職業として軌道に乗せられるとはいくら世間知らずでも考えていなかった。編集者もしばらくは温かく、出版した本や雑誌に掲載された作品が批評でどんなに貶されても励ましてくれていた。しかし、新しい作品を発表してもいっこうにわたしの書き手としての評判は上がらず、むしろ下がる一方で、せっかく出した本も売れるわけではないとなると、切る方向で応対するようになるのは当然と、今のわたしなら納得が行くのだけれども、あの頃は新人賞受賞後ほどなく聞かされた、編集者がいかに親身に作家を育てるかという話を過大に受け止めていたのだろう、編集者がどんどん冷たくなって行くのを見て取っていながら、まさか、気のせいだろう、と眼に映ったものを無意識に打ち消し、何年かでうまく行くようになるに違いない、と根拠もないのに楽観していたのだ。

アルバイトは数年間で何度も変えた。あるアルバイト先では詩を書いているという二歳年上の青年に会った。詩を書くというわりには自尊心が強いということもなく気難しいところもない、いたって話しやすい好青年だったけれども、わたしは自分がかつて文芸雑誌の新人賞を受賞して一冊本を出したことがある、そして今はとても厳しい状況にあるとは、どうしても打ち明けられなかった。自分で非常に惨めだと感じていたせいだと思う。詩を書く好青年にはわたしとつき合ってくれそうな気配もあったのだが、同じ頃わたしはスナックで知り合った会社員とお互いに深い興味も抱かず会うようになったところだったので、親しくならずに終わった。会社員の方とは四度目の性行為を最後に縁が切れた。四度目の性行為の最中にその男が「何かセクシーなことを言って」と言うので、わたしは笑い出しそうになったのだけれどローリング・ストーンズの映画で観たティナ・ターナーを思い出して真面目に「ハゥアァァー、サァァッキィツゥミィヒィィー」と声を出したら、男は「何それ?」と心底呆れたようで、わたしは意図したところをきちんと説明したのだが、馬鹿げた悪ふざけとしか受け取られなかったらしい。

あの頃、小説を書くことがうまく行かなくても、お金にまあまあ不自由しないとか、色恋の方面が充実しているというようなことがあれば、断言はできないけれども、あれほど陰気な気分に支配されずにすんだのではないだろうか。金は九時から五時までのフルタイムのアルバイトをしても家賃を払って本を買ってたまに友達と飲みでもすればなくなり、温泉旅行に出かける費用さえ残らない。色恋沙汰にも恵まれず、まあそれはわたしに原因があるのかも知れないけれど、坂口安吾の二十代の日々を描いた短篇連作小説を読んだ時には、何のかんの言っても安吾はちゃんとセックスできてたんだからまだいいじゃないか、とあさましく憤慨したものだった。

書き上げたものの陽の目を見なかった小説の一つに、レイプを取り扱ったものがある。子供の頃の実の母親による虐待によって感情が鈍磨して、あるいは感情の発達が妨げられて、正常な人格と異常な人格の境界線上にいる二十一、二歳の青年と、同じ年頃の気丈な娘の交わりを中心とした内容で、その交わりの中に青年による娘との合意なき性交が含まれる。娘はもともと青年ととことんかかわって行きたいと望んでいて、その気持ちは事の後でも変わらないのだけれども、青年が罪悪感もなしにやった合意なき性交自体にはひどく腹を立てている。結末はもちろん青年と娘がつき合い続けることを示唆していたはずだが、どういうふうに事態が収まったのかというようなプロットは忘れてしまった。これを書いたのはいよいよ文学業界に見放されようとしていた時期で、原稿を返してもらえないまま編集者からの連絡が途絶えたものだから、読み返すこともできなくて、はたしてよく書けていたかどうかわからないけれど、あれから十五年たった現在なら女の作家が気負いもなく書いて発表できるような題材だと思う。

しかし、当時は担当編集者との間に紛糾を招いた。編集者は「これはレイプではない」と言う、「だってこの女性は抵抗してないじゃないですか」。激しく抵抗し相手と争わなければ合意の上と見做される、などというのは甚だしく女の立場を無視した暴論だという認識は、今でこそ世に浸透しつつあるけれども、かつてはそうではなかった、いや、当時だって女の側からそういう意見は出されていたと記憶するが、わたしの担当編集者は知らなかったわけである。「それに、この女性は全く傷ついていない」とも言った。「いや、起こったことを人に話す場面で、不自然なぎこちない動作をしていますよ。そこで心理状態を表わしたつもりなんですけど」とわたしは抗弁したのだけれど、「そうは読めなかった」と一蹴され、作品のよしあし以前にこんな想像力の足りない男とは話す価値がないとわたしは思い、場の空気は最大限に険悪。そこへ「ここに描かれている世界は随分幼稚じゃないですか」ととどめの一撃。それで終わりだった。

あと何年かがんばればうまく行くようになると信じていたかつての自分の楽天家ぶりを、四十歳になった現在のわたしならば可愛らしいとも思えるのだが、十五年前、ああ、これはもう業界に相手にされなくなっているのだ、と悟った直後には身悶《みもだ》えするほどに恥かしくて、これではまるで恋人に愛想を尽かされさんざん冷たくされるようになっても「あの人は疲れてるから」と自分に都合のいい理由を想像して縋《すが》り続け、恋人に「何て鈍い奴なんだ」と舌打ちされる実際に鈍い女のようだ、とも感じ、それまでの間抜けな自分を絞め殺したくなった。言うまでもなく、おそらく自分には小説を書く才能がないのだろうと認めざるを得なくなったことは、あの年齢では世界の見え方ががらりと変わるほどの大打撃で、しばらくわたしは顔を上げて道を歩くことができなかった。

文学業界から切り捨てられる過程を詳しく友達に語って聞かせたことはない。そんな気力もなかった。ただ、ろくに話さなくても憂鬱な気分を共有してくれる友達はいて、日曜日にわたしの部屋で二人で畳に寝転がってだらだらと話をしていて、「この間寝てる時に奥歯でがっちり舌を噛んでて、痛いから眼が覚めたんだけど、もし痛いのに気づかなかったらあのまま死んでたかも」とわたしが言うと「そういう死に方ができたら最高ね」と友達は応え、その友達がなぜそうした境地にいるのかは知らなかったけれども、和やかな気持ちは通い合ったのだった。少しして友達は不意に顔を上げ、「ねえ、マサコ、そのうちやろう」と呼びかけた。「えっ、本気？」とわたしはそういう場合にありがちな気のきかない反応を返したのだが、心の中では、どうしてそのうちなのか、今すぐやりたい、ということばが渦巻いていた。わたしから行動を起こせばよさそうなものだけれども、友達はわたしよりもずっと性経験が豊富だったし、ほんとうにその気のある時でなければ絶対に性行為に及ばないことも知っていたので、できるわけがなかった。全く何の触れ合いもなかったのではないにせよ、一度も本格的な性行為をすることなくその友達とは喧嘩別れしてしまったが、今でも惜しかった、やりたかったと思い返すことがある。

わたしは数箇月、景気のいい会社で残業も休日出勤も厭わず目一杯働いた。小説家になるのを諦め就職する気になったのだが、就職する前にアルバイトでお金を貯めて旅行にでも行こうと思ったのだった。ところが、アパートの大家が「このアパートは取り壊すことにしたので、半年以内に明け渡してくれ」と言って来た。半年間の家賃は払わなくていいということだった。それならこれから定職に就くことだし、貯まったお金は風呂付きのアパートへの引っ越し費用に当てようと考えて旅行の計画はご破算にした。いくらか貯金ができてアルバイトをやめても、すぐには引っ越さなかった。家賃を払わずにすむ気楽さと、完全には拭い去れない無気力のせいだった。毎日昼過ぎまで眠って暮らした。目覚めると時々、この数年は全く無駄だったとの思いに囚われた。そんな時には、男に裏切られた時にしばしば女が口走るとされる「わたしの青春を返してよ！」という台詞を、声には出さず誰にともなく吐き出して小さく笑い、そして起き上がるのだった。

アパートの中庭の突き当たりにはトタン塀があって、隣の家の裏庭との仕切りになっていた。窓を開け放しておく夏場には隣の家の主婦が庭の犬を叱る大声がよく聞こえた。その主婦が特に気性が荒かったわけではないと思うが、飾らない下町風の気質なのは確かで、本人はことさらに犬に厳しく当たっているつもりはないのだとしても、よく通る叱り声は人間の耳にも障り聞いているだけでストレスが溜まった。わたしは、始終あんなふうに怒鳴られているのではきっと隣家の飼犬は不安定で萎縮した性格の犬だろうと考えていたのだが、裏庭で放し飼いにされていた隣家の犬がトタン塀の下の地面を掘ってアパートの中庭に入って来るようになり、わたしが庭に出て行くと小走りに逃げ警戒する眼つきでこちらを窺いながら、発泡スチロールのプランターの縁をがりがり嚙み続ける様子を目の当たりにすると、自分の推測がはずれていなかったのがわかった。

犬は巻き毛がかった白い小型の雑種で、プランターの縁ばかりでなく自分の尻尾も力を込めてがしがしと嚙んだ。また自分のした糞を食べたりもするのだった。後に読んだ本によると犬の糞食は異常な行動ではないのだそうだが、わたしのいる前でプランターや尻尾を嚙むという行動に続けて糞を食べる姿を見るとやはり、知らない人間への興味と怯えの入り交じった昂奮がそのような一連の行動をとらせているように思え、のびやかな性格の犬とは違って好奇心のままに人間に近づいて来られない眼の前の臆病な小犬が憐れだった。わたしは生来の犬好きだったからその犬を撫でたかった。すぐには無理でも、時間をかけてこちらが危害を加えるつもりがないということを伝え信頼を勝ち得れば、この犬を撫でることができる、という確信もあった。

毎日午後、犬がアパートに入って来るとわたしも中庭に出てかがみ込み、自分からは決して近づいて行かないようにして舌を鳴らして犬を呼んだ。動物はじっと見つめられるのが苦手だということなので、視線は定めなかった。手もだらりと垂らし乱暴はしないと恰好で訴え、そう長い時間犬の前にい続けることもせず頃合いを見て部屋に引き上げる。毎日辛抱強くそれを繰り返す。犬は相変わらず糞を食べていたが、しだいにわたしとの距離を縮めるようになった。そして、案外短い期間、確か五日かそこいらで、とうとう犬が手の届く範囲に寄って来て匂いを嗅ぐ仕草を見せた。そっと背に触れると犬はびくりと体を震わせた。だが後は撫でられるに任せ、尻尾を振って体をわたしの膝に押しつけた。

それからはもう仲のいい日々、犬は夕方になるとやって来てワンと啼く。わたしは出て行ってすでに尻尾を噛んだりしなくなった犬と遊ぶ。遊びは教えられなくても自然に生まれるものなのか、犬とわたしは交替で鬼になる鬼ごっこをやった。初めわたしは歩み寄って手を伸ばすと犬が逃げるのは怖がっているからなのかも知れないと思いもしたが、しゃがんで腕を広げると犬は嬉々として飛び込んで来るし、逆にわたしが逃げると眼を輝かせて追いかけて来るので、ルールのある遊びがちゃんと成立しているのだった。それほど仲よくなっても、裏庭に犬の姿がないのに気づいた隣家の人が口笛を吹くと、犬は途中立ち止まってちらりとわたしを振り返りはするが、トタン塀の下をくぐって帰って行く。わたしもそういうものだとわかっているので、寂しさはなかった。

犬が裏庭の外を徘徊することに近所から苦情が出て、隣家が放し飼いをやめ犬を繋ぐようになるまで、約一箇月犬と戯れる日々が続いた。アパートからはぽつぽつと住む人がいなくなり始めていた。ある夕方、鬼ごっこに疲れたわたしは犬を抱き上げた。小型犬とはいえ非力な腕にはずっしりと重かったのだが、犬はわたしに体を預けリラックスしているので、お互いに満足が行くまでもう少し抱いていようと思った。抱かれたままあたりを見回していた犬が飛行機の音に首を上げた。つられてわたしも空を見上げた。そのあたりでは羽田発の飛行機を見かけることなど珍しくもなかったのだが、何となくわたしは灰色味を帯びた雲を背景に高度を上げて行く飛行機を犬とともに見守り、わたしはまだ飛行機に一回も乗ったことがない、などとぼんやり考えていた。その日、夕方羽田を離陸した日航機が機体不良のため迷走を始め、群馬県御巣鷹山に激突したことを知ったのは、それから数時間後である。

一九八五年。わたしは腐っていた。しかし、最大の希望が打ち砕かれても人生は自動的に続いて行くし、お金さえ人並みに稼げればそこそこ楽しく生きて行くことができるのだということを、あの年から学び始めた。

＊　＊

どうも、本格的な私小説、さもなきゃ自伝小説をありがとう。といっても、誰が書いてるんだか知らないけどね。どうせ、そんなふうにでも言っておかなきゃ自分のことは書けないんでしょ。心配しなくても書いてることを鵜呑みになんかしないわよ。人の名前をわざと違えて書くような見え透いた嫌がらせも願い下げ。誰が磯子なのよ、くだらない。あなたはいまだに腐ってるんじゃないの？

えっ、磯子じゃないならあなたは誰なの？

＊　＊

# 14

第十二話　マサコ（ＰＡＲＴ2）

これまでに一度もカラオケをしたことがないというフサエは、しきりに誘うマサコに「カラオケに野坂昭如の歌入ってる？」と尋ねた。マサコは「いっぱい入ってる」と嘘をつき、それで、夫と子供が家で待つクミを除いた高校時代の同級生四人は、小料理屋を出た後カラオケ・ボックスに行くことになった。

カラオケ・ボックスに向かう途中、家主が近づいて来て「どうするの？　野坂の歌の入ってるカラオケ・システムなんてないでしょう？」と囁いた。マサコは久しぶりに家主の顔をまともに見て、ああそういえばこういう顔だった、と思いながら「いいんじゃない？　『黒の舟唄』なら絶対あるから。オリジナルは長谷川きよしだけど」と答えると、家主は「でも、あの娘の歌いたいのはきっと『バージン・ブルース』よ」となおも心配そうだったが、『バージン・ブルース』と聞いた途端にマサコは高校時代のフサエのその曲にまつわる逸話を思い出し、思わず頬を弛めてしまった。フサエは野坂昭如ファンの高校生で、野坂の小説を読むばかりではなく歌のレコードまで買っていて、野坂の愛娘の名前が〈麻央〉だと知ると「わたしも今日から麻央って名乗る」と言い出すほど熱を上げていたのだが、高三になって同級生の岡部道義を好きになり気持ちを打ち明けてふられると、眼を真赤にして「やっぱりわたしは野坂さんだけにしとく」とわが身に言い聞かせるように呟き、薄暗くなった帰り道、「ジンジンジンジン血がジンジン」と『バージン・ブルース』を低い声で無気味に口ずさみながら歩くものだから、横にいた家主とマサコは必死で笑いを噛み殺さなければならなかった。家主も同じことを思い出したのかふっと笑い、後ろをヒワコと並んで歩いているフサエをちらりと振り返った。

ちょうどヒワコがフサエに「普通の人なら、あの二人とカラオケに行くと疲れ果てると思うわよ」と話しかけているところだった。「あの二人」とはもちろん家主とマサコのことで、「何で？」と家主が訊くとヒワコは「だって、二人とも日本語の曲は全然歌わないし、同じ曲を四回も五回も歌うし、二時間くらいたつとカラオケに入ってない曲をアカペラで歌い出すんだもの」と返す。四年ほど前家主とヒワコとマサコの三人でカラオケをした、ヒワコはその時のことを言っているのだった。マサコが後ろの二人に「わたし、二時間の間に『ユーヴ・リアリー・ガット・ア・ホールド・オン・ミー』を八回歌ったのが最高記録」と言うと、家主が「わたしは『ベサメ・ムーチョ』七回、『釜山港へ帰れ』を六回、それくらい」と続ける。「せめて二回までにしてほしいよねえ」とヒワコが言う。それっきり、カラオケ・ボックスに着くまで家主とはことばを交わさなかったのだが、マサコはごく普通の友達同士のように家主と一緒にいて話をすることができたのに少々驚いていた。

この年末に高校二年、三年と同じクラスで仲のよかった者たちが集まることになったのは、その中の一人と家主が十二月の初めに横浜でばったり出会い立ち話をしているうちに話が持ち上がったのだそうで、そういう経緯も集まりの日取りも、マサコは家主が紙に書いてダイニング・キッチンのテーブルの上に置いた文言によって知らされた。マサコはマサコで、紙の末尾に「わかった」と書き加えることで返事とした。そんな隔たりのある間柄になっているのだけれども、かつての仲間たちは家主とマサコは同じ家に暮らしているくらいだから相変わらず親しいのだろうと考えているはずで、家主はいったいみんなの前でわたしに対してどんな態度で接するつもりなのだろう、またわたしは家主に対してどういうふうにふるまえばいいのだろう、とマサコはひそかに案じていたのである。

マサコの方は、昔馴染みの面々の間に入るとたやすく十七歳の頃の気分に戻った。小料理屋でインターネットが話題になり、知らない者同士が電子メールを遣り取りしているうちに恋愛感情を抱くなどということがほんとうにあるのか、というところに話が流れた時、「いったいどんな文面を遣り取りしたら恋愛になるの？」と訊いたマサコに「わからない。考えてみて」とヒワコが言い、マサコが頭の中で文章を作り始めると「あ、ほんとに考えてる」という声が飛び、「昔からじゃない、マサコが妄想に耽るのは」とフサエがからかったので、マサコは「あんただって、十三歳の時に『生涯の恋愛予定表』っていうのを考えて紙に書いたんじゃなかったっけ？　十五歳で渋い中年男と肉体関係を伴わない初恋を経験し、十七歳で四つ年上の大学生に会って結ばれ、しかし悲恋に終わる、とか」と逆襲に走ると、「やめて、思い出させないで」とフサエは悲鳴を上げ、「変なことやってたのね」とクミが呟いたのに対して、「あんたなんかね、みんなで順番に書いてたホモ小説に『性描写を入れろ』って註文つけられて、『コックをブロウ、ブロウ、ブロウ』なんて書いたんだからね。今思い出しても笑えるわよ」と矛先を向けたのだが、クミの「だってどう書けばいいのかわからなかったんだもの」という弁解の後、家主に「恋愛予定表の話、わたし知らなかった。で、予定通り実現して行ったの？」と訊かれると、恥かしげに視線を落としてやけになったように「ぜんっぜん実現しなかった」と言い捨て、ヒワコに「離婚は予定に入ってたの？」と尋ねられれば「入ってなかった」と答えて苦笑した。マサコが樹木だとすれば、枝根の一本や二本は確かにこの友人たちとの世界に下りていた。

「何よ、野坂の歌、何にもないじゃない」、カラオケ・ボックスのメニューを膝に置いたフサエは文句を言った、「『マリリン・モンロー・ノー・リターン』もない、『ヨコスカ・マンボ』もない」。マサコはフサエからメニューを取り上げ『黒の舟唄』のあるページをめくって示す、「ほら、これ歌えばいいから」。フサエはぶつぶつ言いながらもリモコンに『黒の舟唄』のナンバーを入力する。ヒワコはすでにグロリア・エステファンを歌い出している。マサコはメニューを見て、自分が歌う予定の曲のタイトルとナンバーのメモを始める。見ると、家主も同じことをしている。「カラオケの時って、そういうことするの?」、フサエが眼を丸くする。「そう、これがマナー」とマサコが言えば、家主も「それから、長い間奏の時はぼんやりしてないで次に歌う曲を選ばなきゃいけないの」と調子よく嘘をつく。二十数年前のように息が合っている。

フサエは『黒の舟唄』を二回続けて歌うと「面白い!」とひとこと発して、リモコンがあくが早いか手を伸ばし次々と曲の予約を始めた。「カラオケにない曲はアカペラで歌っていいんだからね」と家主に言われると、「ソ、ソ、ソクラテスかプラトンか」とテレビ・コマーシャルで野坂が歌った歌をマイクを手に歌い、「バカみたいじゃない、これじゃ」と顔を覆ってからマサコの方を向いて、「あんたが高校の時、パロディの戯曲書いたの、プラトンの何だっけ?」と尋ねた。不意のことでマサコは思い出せず「あれはアルキメデスじゃなくて……」と言い澱《よど》んでいると、家主が「『アルキビアデス』、筑摩の世界文学大系か何かに入ってた」と教えた。「あっ、それ、ソクラテスが若い男を口説くやつ」、マサコは膝を叩き、ヒワコは「さすが図書館司書。生き字引き」と家主を褒める。「あのパロディひどかったね、軽薄なホモセクシュアルの誘惑の話にしちゃって」とマサコが嘆息すると、「あれはあれで訓練になったんじゃないの?」と家主はものわかりのいいことを言う。

ヒワコが、背が低く小太りのイギリスの男性歌手の歌うラヴ・バラードを歌い終わった時、フサエがその歌手について「今はゲイだってカミング・アウトしてるよね」と言い、ヒワコが「雑誌でインタビュー読んだ。彼は子供の頃大人の男に性体験を施してもらいたかったんだけど、器量がよくないから誰もやってくれなくって、大人の男が少年を犯したっていうニュースを聞くと羨ましくてしかたがなかったんだって」と話したので、マサコは「せつなくも胸打つ話ね」と口にしてから、ふと気がついて、今はホモセクシュアルにもSMにも興味がないと言ってはばからない家主の顔を窺った。家主は別に嫌な顔もしていなかった。「そういえば、昔さ」、フサエが言い出す、イギリスのある有名な男性ギタリストAが初めて性関係を持った男がやはり有名なギタリストBで、AはBに対して真剣な気持ちを抱いたのだけれどもBの方には軽い気持ちしかなくて、傷心のAはBを忘れるためにアメリカに行こうとしたらBもついて来てしまったのでAはいよいよ苦しんだ、「そういう噂があったじゃない?」。活字で読んだ憶えはないが、口コミでまことしやかに流れていた噂だった。マサコもBについて「ホテルの部屋でグルーピーに『コーヒーのお皿でぶって』って頼むようなマゾヒストだっていわれてたよね」と思い出したことを話した。すると意外にも家主が、そのBのバンドのシンガーCについて「あれは反対にサディストで、グルーピーの髪を掴んで部屋中引きずり回す、とかいう話だったのよ」と、愉快そうに記憶を掘り出した。「わたしたち、そんな話ばっかりしてたね」と楽しげなヒワコは、Bのバンドのレパートリーを歌うと言ってリモコンを手に取った。

家主はみんなの話題に調子を合わせているだけなのだろうか、それとも、家主もまた古い友人たちに会って自然に十七歳の頃の気分に戻っているのだろうか、とマサコは考えていた。ヒワコは話を続けた、「世の中じゃ女子高校生は好きな男の子の話ばっかりしてるっていわれてるじゃない？　わたしたちは違ったのよね、身近に好きな男なんて一人もいなくてさ。あ、でもフサエは岡部道義がいたんだっけ」。フサエは首を振った、「あれは錯覚。自己愛の投影。岡部道義はしょっちゅう妹尾尚樹といちゃいちゃしてたじゃない。その眺めを興味津々で見てるうちにさ、何か岡部くんのこと好きなのかなって思うようになったのよ」。家主が「そのわりには告白した時泣きそうになってたじゃない」と突っ込んでも、「思春期のガキが頭の中ででっち上げた恋物語にはね、涙くらいこぼさせる力があるのよ」と負けない。

マサコが『アイ・ハード・イット・スルー・ザ・グレイプヴァイン』をとちりまくりながら

歌い終えると、フサエが「マサコ、こんなに歌下手だった？」と顔を覗き込んだ。「違う、今のは難しい曲なの」とマサコは答えたが、フサエは聞いていなくて、唐突に「ねえ、あんたたちの中の誰か、レズビアンの経験した？」と、酔っぱらった声で尋ねた。「そこなのよ」、ヒワコが乗り出した、「昔あれだけ同性愛の話してたんだから、経験しても不思議じゃないでしょ」。フサエはヒワコに眼を向け「っていうかさ、高校の時、わたしたちの間で全然そういうことが起こらなかったのが不思議じゃない？ いや、わたしが知らなかっただけで、起こってたのかも知れないけど」と言う。「それは不思議でも何でもなくて、お互いに好みじゃなかったっていうだけでしょ？」、家主が頭の後ろで腕を組んでけだるそうな声を出し、「あんた、よくそんな言いにくいことはっきり言うね」とフサエが責めると、薄く笑う。

家主がカーリー・サイモンを歌い出すと、ヒワコがマサコの隣に移って来て「マサコ、イソコとは？」と耳元で尋ねた。マサコは吹き出した、「そりゃ一緒に住んでたらそういう想像されるのはわかるけど、違うの。何にもないの、昔も今も」。ヒワコも笑い出す寸前の表情になり「あわや、という時もなかった？」とさらに尋ね、マサコが「昔わたしたちが書いてたような小説ならいざ知らず、実人生なんてそんなにドラマティックじゃないでしょ」と答えると、「そうね。つまんないよね」と大きく頷いた。マサコは確かめたい気持ちに駆られて訊いた、「ヒワコもつまんない？」。ヒワコはソファーの上辺に腕を載せ脚を投げ出して「面白いことなんてほとんどないわよ」と溜息をついた。

インターフォンが予定時間の終了を告げても、フサエは「延長よ、延長」と手を振り「ついでにビールも頼んで」とつけ加えた。ビールをあおるとフサエは「ああ、離婚してよかった、急いで帰らなくていい」と言い、ヒワコが「わたしも結婚してなくてよかった」と同調した。「わたしは結婚しとけばよかった」と家主が言うと、フサエは「だめだめ、あんたもわたしとおんなじように離婚してたに決まってる」と断言する、「で、やっぱりマサコと一緒に暮らしてるわよ。それが運命」。家主は大袈裟に額に手をあてて「そんな冴えない運命なの、わたしは？」と嘆いて見せた。ここは言い返しておかなければと思ったマサコは「わたしの運命まで冴えないものにしないで」と、フサエに向かって声を上げた。「いいんじゃないの、血縁だとか婚姻関係、性愛関係で結びついてるんじゃない、家族の形態があっても」とヒワコが言う。家主は「七十歳くらいになったらそういう家族も求めるようになるかも知れないけど、何でこの若さでそんな枯れた関係の家族を持とうとしなきゃいけないのよ？」と、もっともなことを訴える。マサコは「いいの、わたしは。どうせこの世は仮りの宿だから。その仮りの宿の中で、どこで誰と住んだっていいことにする」と言ってみたが、フサエが「でもね、あんたを拾ってくれるような奇特な人物はイソコ以外にはいないかもよ」と痛いところを衝く。「あ、やっぱりそう？」と答えた声がわれながら弱々しい、とマサコは思う。

「だって、働かないでずっと家にいる同居人なんて嫌だもの、わたしなら」とフサエが言う。「でも、マサコは家賃代わりに小説書いてるんでしょう?」、ヒワコが言ったので、マサコは思わず気色ばんで「ばらしたの?」と家主に訊いた。「いいじゃない、別に。口止めもされてなかったし」、家主は落ちつき払って答える。よくはなかった、マサコはとても不愉快だった。フサエは「へえ、小説が家賃代わり? 粋ねえ」と陽気に言う。「粋じゃないわよ、まるで『ミザリー』よ、スティーヴン・キングの」とマサコは吐き棄てた、「何書いても文句ばっかり言われてさ」。家主は「でも、監禁はしてないわよ」と冷たい眼を向ける。「あ、シリアスな雰囲気」、フサエがヒワコをつつく。ヒワコが「闘いを楽しんでるんでしょ」と答え、「パトリシア・ハイスミスの短篇に、年とった女二人が意地悪をし合いながらもずっと生活をともにしてるっていう話があったでしょ」などと続けたので、家主は「だから、そこまで枯れたものになぞらえないでって言ってるのに」と再び嘆き、マサコも気を逸らされて「せめて梅崎春生の『ボロ家の春秋』って言って」と訴えた。

マサコがシレルズの『ウィル・ユー・ラヴ・ミー・トゥモロウ』を歌い終わった時、家主が「四十歳の大人が歌う歌じゃないわね」と批評した。「この歌がわたしに似合わないのは、十七の時だっておんなじよ」とマサコが言い返すと、「それ、反論になってる?」と家主が笑う。

フサエがぽつりと洩らす、「ウィル・ユー・ラヴ・ミー・トゥモロウ、ね。わたし、そんなこと、誰にも訊いたことない。訊きたいと思ったこともない」。ヒワコが言う、「だって、わたしたちが十代になった頃には、こんなに男の子に対して純情で一心な女の子なんてすでに天然記念物っていう時代だったじゃない」。マサコも「わたしも中学の時初めてこの曲聴いて、この歌の主人公の女の子のこと、何て情けない奴なんだって思ったもの」と言った。「それがね」、ヒワコが力を込める、「わたし、三十にもなってから訊きたくなったことがあるの、まさに、『明日も愛してくれる?』って。相手のこと、ほんとうに好きだったからだと思うんだけど。だけど、年が年だからもう恥かしくって訊けやしないのよ。こんなことなら十代の頃に口に出しとけばよかったと思ったわ。その頃はそんな好きな相手なんていなかったけど」。マサコも勢いづいて言った、「そう、だからね、わたしも生まれ育ちが違ってたら、こんなふうに男の子に素直に訊ける女の子になってたかも知れないって思うの、そういう人間になってもまぁよかったかなって考え始めたのは、三十もだいぶん過ぎてからでね。ある種のノスタルジーを感じるわけ、この曲に」。「それであんなに悲しげに歌ってたのね」と、家主はあくまでもからかう。その感じは悪くなかった。

カラオケ・ボックスを出るとマサコは、ヒワコとフサエに「帰るの?」と尋ねた。「だって明日も早くから仕事だもの」とフサエが答える。家主が「ヒワコは? うちに泊まって行けば?」と言う。「どうしよう、わたしも明日会社に出るのよ」とヒワコは迷っている。「うちから出社すればいいじゃない。その方が会社に近いでしょ?」、家主も熱心だったがマサコもヒワコに来てほしくて、「来てよ、次またいつ会えるかわからないじゃない」と口説く。聞いていたフサエが「わかった、あんたたち二人きりで同じ家に帰るのが怖いんでしょ」と口を挟んだ。「何をどうわかったの、あんたは?」、家主が笑いながら言った。ヒワコは結局「やっぱり今日は帰る」と返事した。「喧嘩しないで仲よくね」というのが別れ際にかけられたひとことだった。

駅前でタクシーに乗り込んだヒワコとフサエを見送った後、家主と二人取り残されると、マサコは急に何も話すべきことばがなくなったことに気がついた。十七歳の気分から四十歳に戻ったのだ、と思った。家主は黙って当然のように駅の構内へと歩き出し、マサコもそうすればいいのはわかっていたのだが、ふと、自分はいったいどこへ帰るべきなのだろう、という疑問に囚われた。さっきフサエに言われた時にはそうも感じていなかったけれども、家主と二人きりで同じ家に帰りまた置き手紙やフロッピー・ディスクの遣り取りだけでコミュニケーションを図る生活に戻ることが、怖いとまではいわなくても無性に気重だった。家主の方はどうだかわからない。それでも数歩遅れて家主の後を追って行きかけると、家主はまるでマサコの気持ちを見透かしたように振り返って言った、「あなたの帰るところは仮りの宿の中の仮りの宿でしょう?」。さらに、つけ加えた、「もしかしたら、またその中の、架空の世界?」。

＊　＊

あの時私はこの小説の最後の科白みたいなことは言ってないけどね。もしあなたの心の中がここに書かれている通りだとしたら、随分卑屈よね。私の名前は磯子でも何でもいいけど、これだけは言っておく。

二度と私を小説に出すな。

# 15

## 第十三話　ANONYMOUS

これまでのあらすじ（書評担当者はご利用ください）。マレーシアでの七年間の結婚生活に終止符を打ち日本に戻って来た昌子は、高校時代の同級生磯子の家に寄宿し、仕事を見つけて再出発しようとする。しかし、折からの不況で仕事はなかなか得られず、しだいに職を探す熱意を失い始めた昌子は一日中家で過ごす日も多くなり、退屈しのぎに磯子が出勤した後の家の中を探索するうちに、磯子の机の引き出しの中に輪ゴムで束ねられたフロッピー・ディスクを発見する。パソコンに入れて見てみると、記録されていたのは磯子の創作らしい小説作品の数々で、スティーヴン・キングまがいのホラー、アメリカのレズビアンSMを描いた物、ホモセクシュアル・ファンタジーを愛する日本の女の話等、現在の磯子の言動からは想像もできない妖しげな小説の数々だった。昌子はフロッピーの中味を自分のパソコンにコピーし、片っ端から読み始めた……。

何と、作者自らこれまでのあらすじをまとめて作品中に挿入するこの親切さ。私はあらすじをまとめるのは得意である。以前自分で書いた一千枚近い小説のあらすじをまとめて、作者本人の手になる物だということは伏せて文芸誌に載せたら、ある文芸時評で「文芸誌でこんなによくまとめられたあらすじを見ることは珍しい」と褒められた。小説の方はそれほど気前よく褒められた経験はない。一つには、この国の文芸批評家には現代日本のクズ小説など褒めては沽券《こけん》にかかわると考えて褒め惜しむ習性があり、また、文芸批評の場が、俎上に載せた個々の作品を鑑賞するよりも批評家同士がお互いの学識・知性を競い合う場になる傾向があるせいでもある。いや別に、私の書く小説に大してよいところがないために褒められないのだとしても、いっこうにかまわない。私はこの面白くもない人生などとうの昔に投げていて、すべて、とはいわないけれども、生きてさえいられれば、あとのたいていのことはどうでもいいと思っているからだ。もっとも、見栄も煩悩もまだまだ残っているから、厳密にいえば、どうでもいいと思うように努めている。

人生をつまらないと感じている理由を数行で明快に説明する技量は今のところなく、その技量がないということが全く苛立たしいのだが、あえて説明を試みれば、小説家としては自分の能力の及ぶ限りでの最高傑作を二十代のうちに書いてしまって先行きに希望が持てないし、私的な生活もまた生まれ持っての気質のせいで楽しめることがあまりにも少ない、という具合で、これで説得力があるかどうか、おそらくないだろう。ともかく、三十代の半ば頃に、どうせつまらない人生ならばこれからはできるだけふざけて生きて行こう、と決めた。実は根が真面目なのであまりうまくふざけられないのだけれども、こういうふうに小説の世界の中に生の作者が顔を出して語るというありふれたかたちを恥かしげもなく使っているのも、意味ある手法のつもりではさらさらなく、単にふざけたいからなのだ。

ふざけるといえば、数年前新聞記者が取材にやって来て「この頃は小説を発表なさっていないようですが、なぜですか?」と訊くので、冗談の中に本音を紛れ込ませるつもりで「ゴースト・ライターが死んでしまい、代わりの人がまだ見つかっていないからです」と答えたら、笑ってくれるどころか不快そうな顔をされた。何も怒らなくてもいいのではないだろうか。私は私の名前で発表する小説を誰か他の人が私よりも上手に書いてくれればとても嬉しい、構想を打ち込めばコンピューターが自動的に書いてくれるのでもいい、このできの悪い頭を酷使して小説を書いても満足感も達成感もなく憂鬱が増すだけだから、というようなことを本当は言いたかったのだが、よけいに呆れられそうだったので「あっ、今構想中です」などと言い直さなければならなかった。どうも新聞記者は有意義な情報ばかりほしがって困る。

ゴースト・ライターではないけれども、今回作中人物に小説を書かせる設定にしたのは正解だった。現実にパソコンのキーボードを叩いているのは紛れもなく私なのだが、それでも、どうせこれは私じゃなくて作中人物が書いてるんだから悩まなくてもいいか、と思うと普段の抑制が解けて筆が伸びることがあるし、実際にいつもとは頭の別の部分を使っているような感覚もある。そして、でき上がった作品を読めば現実には自分が書いているのを忘れ、ああ磯子は小説家になれなかったのか、かわいそうに、これだけ書ければ今どきは小説家にくらい充分になれるのに、私もあなたと同じような時期を経て何とか小説家として認知されたのだからあなたの気持ちはよくわかる、悪いのはあなたを受け入れなかった業界であってあなたはちっとも悪くない、などとついつい架空の書き手に語りかけて眼頭を熱くし、かと思えば、これからは小説を書くのはすべて磯子にまかせて私は楽隠居しよう、などと夢想もするのである。

そういえば、私は三角関係というものにはあまり興味がなく自分の小説で書いたことはないのだが、磯子は『トリスティーン』のシリーズで三角関係を使っている。だいたい私は、人の書いた小説を読む時には作者の意図にはまるで頓着しないで自分の興味の赴くままに勝手に読み替えるのだけれども、『トリスティーン』もそのようにして読んでいて、ふと、自分が性関係を持っている二人の女、グラディスとラウラの間にもまた恋愛関係めいたものがあるのではないかと疑っているトリスティーンは、もしかすると心の奥底では、不仲な両親に仲良くなってほしいと望んでいる子供のように、グラディスとラウラに恋愛関係になってほしいと願っているのではないか、と想像し、そこから、家族を主題にした小説を書こうと思ったことはないけれど、親が二人とも女であるジェンダーレスな家族を扱った小説なら書いてみてもいいかも知れない、と自分自身の小説のことに思いが至った。

ただし、過去の男性との結婚生活で生まれた子供を新たに結ばれた女性の伴侶とともに育てる、いわゆるレズビアン・マザーを主人公にする、というような現実を直接的に映した風俗レポート的な小説は、あまり魅力を覚えないので昔も書かなかったしこれからも書かない。私はもっとひねりたいし歪めて腐蝕させて濃縮・増幅したい。たとえば、血の繋がりのない女子高校生たちが疑似家族を形成する設定で〈家族〉という概念を描く。乳児の時に産院で取り違えられてよその親の家で育った子供の例を思い出してみても、血縁などというものは幻想でしかなく親も子もきょうだいも取り替え可能なのだから、疑似家族を通してであっても今日の家族のかかえる諸問題を扱うことができる、というのが私の考えである。また、疑似家族を使った方が、現実の、同じ家屋内に縛りつけられている家族の間で起こったのだとすればあまりにも息苦しくおぞましい出来事を描いても、陰惨な印象がやわらげられて読みやすくなるのではないか、とも思う。

まだ本格的に構想を練ってはいないが、三人の仲のよい女子高校生がいる。本人たちが初めからそんなふうに意識していたのではなく、まわりの同級生たちが「あの三人はパパとママと王子様だ」と言うので、三人も何となく自分たちをそのイメージで捉えるようになる。〈王子様〉と見做される少女は、父親を亡くしていて看護婦の母親と二人暮らし、夜勤のある母親とは毎日顔を合わせるわけではない、という孤児に近い境遇である。〈パパ〉といわれる少女と〈ママ〉といわれる少女は、保護本能の強い性質であり〈王子様〉を可愛がったり時には体罰を加えたりしてかまうことに学校生活の楽しみを見出している。そうした行動の中に思春期の性衝動が紛れ込んで来ると、〈パパ〉と〈王子様〉の間で一種の性的な行為が交わされるようになる、つまり近親姦が起こり、〈ママ〉はそれを薄々知りながらも嫉妬を露わにすることもできず、自分が〈パパ〉と性行為をする気にもならず、悶々とする。他にもあれこれあって、仮想の家庭はどんどん狂って行く。もし将来本当にこの作品が書かれたら、書評担当者は右記のあらすじをご利用ください。

しかし、こんな気持ちの悪い小説を読みたがる人がいるのだろうか。私が一介の読者ならば読むかも知れないけれど。まあ売れなくてもいい。自分の本が売れなくても、あるいは認められなくても、三億円の宝籤が当たれば小説家は満足する。ところが当たらないので私は不満である。どうも私はくだらないことばかり書いているようだ。それは私だって、小説家を本篇の主人公にするにあたっては『トニオ・クレーゲル』のような格調高い調子の物にしたかったのである。けれども、二十世紀後半生まれのクズ小説家には無理というもの、『トニオ・クレーゲル』の書かれた二十世紀初頭ならば小説家は一般の人に〈芸術家〉だとか〈求道者〉と目されていたのだろうけれど、今や少しばかり生産性のある〈オタク〉としか思われていないもんね。そうでもない？

『トニオ・クレーゲル』ではとっても粘着質な書き方がされてるけど、〈文学的なるものがうっとうしい〉という主人公の感じ方は私程度の小説家でも共感するんだけどね。私だってね、神経質な小説家のトニオ・クレーゲルと素朴なハンスとだったらどっちとつき合いたいかっていうとね、ハンスだもんね。細かいことを言ったらさ、ハンスにふさわしい伴侶の、これまた素朴なインゲみたいな人柄にならないとハンスとはつき合えないんだけどさ、インゲみたいになりたいんだよね、私は。もちろんハンスの方でもいいし。小説なんか書きたくないの。小説読むような人間にもなりたくなかったね。小説を読まないだけじゃなくって映画も演劇も観ない、たまに観ても一生かかわり合うこともないだろう赤の他人が何だかうだうだと喋ったり動いたりしている、それをじっと座って見物することのどこが面白いんだろうと思って、退屈で、早く家に帰ってご飯に味噌汁かけて沢庵と一緒に食べて、鳥籠の小鳥に餌やって、お風呂に入って寝ようと決めて、実際に帰宅して蒲団にもぐったら三秒で眠り込んでしまえる、そういう人になりたかったね。

頭が悪過ぎて騙されてばかりいたり他人の気持ちに鈍感だったりしたら困るけどさ、抽象的思考力や自意識なんかは最低限あればいいんじゃないの？　で、具体的な人や物とだけかかわって暮らしてさ、嫌いな人もあんまり多くなくて人と一緒にいるのが好きで、緊張もしないでどこにでもすぐに溶け込めて、孤独感なんてことばは知っていても本当のところはどういうものか理解できなくて、まあ時には退屈したり「一人になりたい」と思うとしても、私みたいに堅牢な自分一人だけの世界を築き上げて一日に何時間もその中に籠もったりすることはなく、基本的には毎日楽しく過ごせて、自我が安定しているから誰かをひどく憎んだり過度に入れ揚げたりもしない、つまり何の障害もないのに情熱的な恋をすることはないし、好意を抱いた相手との仲が破綻しても打ちひしがれたまま長い時を過ごすということもない、セックスにも独特の癖なんかないんだろうな、きっと。私の思い描くこうした人物像は、若い時に読んだアメリカの精神分析医アーサー・ヤノフの本にあった、神経症的ではない人間についての記述に大きなヒントをもらってるんだけどさ、あの本のあの部分は私のトラウマになってるね。私はどんなに努力したってそんなふうにはなれないもんね。

やっぱり生まれつきだと思うわけ。少なくとも今みたいな時代に都市部に暮らしてたら、たいていの人はそんなに無邪気な性格を保てないよね。援助交際とか呼ばれてる売春をやってるような女の子たちだって、気楽な性格だからああいうことをしてるんでもないだろうし、たぶん。でもね、私、会ったことあるの、そういう羨しい性格だと思える女の子に、二十五歳の時、アルバイト先で。

当時繁盛してた業種の大手の会社だったんだけどね。中でもいちばん忙しい部署に配属されて、週に一、二回しか家に帰れない気の毒なエリート・サラリーマンたちの姿も印象深かったし、女性はたいがい臨時雇いで正社員はほとんど採らないその会社のその部署で、ただ一人の正社員の女性と古手のアルバイトの女性グループが、一見仲よさそうなのに実は昼食を一緒にとることもない、っていうような立場の違いゆえの境界線とかさ、そういうものを間近に見せてもらいもしたの。あの古手アルバイトの女たちは異常だったね。私は半年ほどそこで働いたんだけど、あの人たちは初めの一箇月ほどはひとことも口をきこうとしなくって、朝「おはようございます」って挨拶しても返事すらしなかったもんね。そんな連中のことはどうでもいい、私は比較的勤務歴の浅いアルバイトの女性たちと仲よくしてて、そこにいたのね、何とも可愛い女の子が。

見た目はふくよかな方で胸なんかにも量感があって、化粧のしかたも大人っぽかったから、初め二十三、四歳かなって思ってたら二十一歳だった。高校出て新卒採用された会社を辞めた後は転々と勤め先を変えるアルバイト生活をしてて、ある所では出社第一日目に先輩の女性から「あなた、高校の時つっぱってたでしょう?」と言われて頭に来てその日限りで辞めたそうで、私もその娘がちょっとそういうふうにも見えていたから実は同じことを訊くところだったんだけど、口に出さなくてよかったと内心ほっとしたの。確かに、その娘は友達に誘われて

〈パーラー〉のアルバイトの面接を受けに行ったら、そこはフルーツ・パーラーでもコーヒー・パーラーでもなく風俗業のパーラーで、面接担当者の男性は三人一緒に面接を受けた中でもその娘を指差して「向いてます！　あなたがいちばん向いてます！」と叫んだというくらい色気がありはしたけれど、それは本人が意識して演出しているのでもなければ性的なものへの関心の強さから来るものでもなく天然自然のもので、よく見ればたたずまいはむしろ子供のようにあどけなかったね。

性格もよかった、北関東出身の庶民的な娘だからお尻のことを「ケツ」って平然と言って、「ゆうべ帰り道で自転車に乗った中学生にいきなりケツ摑まれたんで『何すんだよ、この野郎！』って怒鳴って……」なんて話すのが、可愛い顔と可愛い声に似合ってるんだか似合ってないんだか、似合ってたんだろうな、生き生きと話してる様子も憎めなかったから。私は仲よくなったんで、たまに社員から土曜出勤を頼まれて引き受けるとその娘の所へ行って「ねえ、土曜日出社しない？」って誘って、その娘は「えっ、あたしさっき頼まれたけど断わっちゃった」って答えた後で「やっぱり土曜日出ます」と社員に申し出て、「どうして急に？　ああ、わかった、あの人と一緒に出たいんだろう」なんて言い当てられて、それで土曜日は並んで仕事をして、図面の間違いをカッターで削って直す作業をしている時に「ワルツのリズムで削ろう」とか言って二人で三拍子で音をたてて、楽しくやったものよ。

その娘は人のお尻を触るのが好きでよく触ってたんだけど、触り方がうまいっていうか、それこそ子供が何の気なしに大人のお尻に手を伸ばしたようなちっともいやらしくない感じで、誰も触られて嫌がってなかったし、古手のアルバイト女性たちもその娘のことは気に入っててにこにこ話をしてて、もう職場のアイドル的存在。それ以前の勤め先でも同じだったみたいで、ある日話してくれたことには、かつてのバイト先で先輩の女性に、ピアスの穴を自分であけたと話すと「わたしにもあけて」と頼まれて、蒲団針であけたら失敗して膿《う》んでしまった、それなのにその先輩は懲りもせず、膿んだのが治ったら「またやって」と再び頼んで来たとか。その娘は先輩の女性の気持ちが不可解だったようだけど、私にはとってもよくわかる、ちょっとロマンティック過ぎる喩えかも知れないけれど、その娘に触れられるのは天使に触れられるようなもの、さもなきゃ〈アニマル・ヒーリング〉かな、可愛い小動物に触れると心が癒される、そういうものだから、耳が少々膿もうがどうなろうが触ってほしいよね。私はピアス穴をあけてくれとは頼まなかったけど、その話を聞いて以来、そこいらの病院やお店の人に事務的にピアス穴をあけられるのがすごくつまらないことに思えて、それでいまだにピアスの穴はあけていないってわけ。きっと一生あけないね。

　そんな娘だから当然ボーイ・フレンドがいて、「僕の方からは絶対ふらないよ」と言われるくらいぞっこん愛されてて、その娘も「彼、顔はむちゃくちゃ悪いんだけど、性格がむちゃくちゃいいの」って言ってて、私はその彼は何て幸せな男なんだろうって思った。私も幸せだったね、あの会社であの娘といた時は。あれが私のハンス、私のインゲだったんだよね。

その娘と私は同じ頃にアルバイトを辞めたんだけど、辞める直前にその娘と私ともう一人仲のよかった二十三歳の女の子、この娘も純情ですごくいい娘だった、それと、二十三歳の娘に憧れてた元暴走族の十八歳の気のいい男の子と、四人で飲んでね。居酒屋で、爪楊枝の先を煙草の真ん中に刺して、その爪楊枝のお尻の方をまだ割ってない割り箸の隙間に挟んで、さらにその割り箸を動かないように鉢やお皿を載せて固定して、簡易ルーレットみたいな物を作ったの。で、順番に煙草を弾いて回転させて、止まった時に煙草の先が向いた方向にいる相手とキスをするっていう遊びをしたのね。どういうわけか、私が弾くと煙草の先は誰もいない所を指すの。でも、他の人が弾いた煙草は不思議と私を指すの。だから、私は三人全員と軽く唇を合わせることになったの。みんな「おいしかった」とか言ってたし、ゲームを楽しんでたと思う。あの晩が私の二十代半ばの日々のハイライトかな。その後はそんなにいいこともなかったし。

私はトニオ・クレーゲルほど陰気な性質じゃないから、ハンスやインゲのような人物とも結構親しくなれるんだろうね。いや、もしかしたら、トニオほど小説家としての才能がないからって言うべきなのかな。友達に、せめて二十世紀の初め頃までにヨーロッパに生まれていれば画壇でもてはやされてたに違いない天才画家がいるんだけどね、その人と話してて、「ゆうべ、どうしてもひどい文章しか書けない夢を見てうなされて、起きてから、ああ、夢でよかったって思った」って言ったらね、彼は「素晴らしい絵が描けてる夢だったら、逆に眼が覚めた後つらいよ」って言ったの。彼は芸術家よ。でも、私は芸術家じゃないね。それは間違いない、絶対。

＊　＊

昌子ちゃん、昌子ちゃん、昌子ちゃん、頭大丈夫？　現実と空想の区別はついてる？　もう痛々し過ぎてことばもない。私はどうしたらいいのかしら。やっぱり言うべきよね。

**眼を覚ませ、バカ。**

# 16

ああ、もう、十八ポイントでわめかないでよ、うるさい。わたしは正気だもんね。あなたこそ読解力と洞察力が落ちてるんじゃないの？　これまでもさんざん好き放題言われてるのに、この上バカとまで言われたらわたしだって黙っちゃいられない、何でこんなに偉そうにされなきゃいけないのよ、というわけで、これは質問状、いや、果たし状。回答よろしく、マイ・ディアー。

＊　＊

果たし状

難詰1　だいたい立場が不平等な気がするんだよね。いや、家主と居候っていう立場のことじゃなくって、小説を〈書く者〉と〈読む者〉っていう立場がさ。書く方は自分なりに苦労してるのに、読む方は書くのにかかった時間の何十分の一かで読み終えて、好き勝手なことを言うんだものね。それに、こちらの技術とか知識とか経験とかは大なり小なり作品に反映するから、読むあなたはわたしの手の内を推測できるのに、こちらはたった数行のコメントしか返しても
らえないからあなたの技量を測りようもない。圧倒的にわたしが不利。そうじゃない？

応戦1　不利って、利害にかかわる争いをしているわけでもないのに、何が不利なの？　意味の通らない文章ですね。やっぱりあなたの頭はだいぶんガタが来てるのよ。「書く者」と「読む者」の立場が不平等だなんて、今さら言うまでもないあたりまえのことじゃない。大昔は「書く者」の方が偉くって、「読む者」は「書く者」の用意した道筋に従い「書く者」の手管に翻弄され、「書く者」のかける謎を解きその意図を理解し、あまつさえ「書く者」の論旨なり感情なりに共鳴しなきゃいけなかったんだろうけどさ。今やそんなふうに下賜された作品を恭《うやうや》しく押し戴く従順な読み手なんていやしない、「読む者」は「書く者」の苦労だの意図だのは知ったことじゃなくて、書かれた物を勝手に読み替え頭の中で変形し、適当に楽しめる部分だけ楽しんだら残り滓《かす》はあっさり捨てるって、あなただってよくわかってるはずでしょ？　あなたも他人の書いた物を読む時はそうしてるんだろうし、第一私に渡してる小説で私に何か伝えようとしているわけじゃ全然ないでしょう？　「読む者」である私にいったい何を求めているのか、さっぱりわかりません。

難詰2　わたしが正気かどうか本気で心配してくれてるんだとしたら「ありがとう」って言っ

とくけどね。でも、ここ数箇月の遣り取りからして、架空の作者が登場して語ることになるのは論理的必然じゃない？　それくらい当然あなたにはわかると思ってたんだけど。またまた「磯子」っていう名前が出たから錯乱してまともに読めなくなったんじゃないの？　感じやすいよね、あなたも。

応戦２　そう、感じやすいかもね。だけど、小説家になるのを諦めた時に手元にあった自分の本を一冊残らず引き裂いて捨てたあなたほどじゃないでしょうよ。私はね、それほど感じやすいくせに、小説家として世に容れられなかったことをどんなに口惜しく感じているか、ひとことも口に出したことのなかったあなたが、架空の世界の中で自ら傷口を抉《えぐ》るように小説家を演じて見せて、しかもその小説家像が現実のあなたと同じように腐った人物だったから、改めてあなたの屈託の深さにたじろいだの。どうせなら意気軒昂《いきけんこう》で怖いもの知らずの若くて才気のある小説家に化けてほしかった、なんて言うのは酷かしら。あなたが正気なんだったら別にいいのよ。たいへん失礼いたしました。

難詰３　そりゃ「二度と私を小説に出すな」って十八ポイントで大書されたのに出したのは、怒りを招いてもしょうがないんだけど。でも、下僕じゃあるまいし、「出すな」と言われて唯々諾々と従ったんじゃ、それこそバカみたいでしょ？　それに、冗談を思いついたら実行せずにいられないのがわたしの性分。そもそも、あなたも〈書く者〉の身近にいるんだから少々小説にあなたの影が落ちることくらい覚悟しててよ。
応戦3　そんなふうにすっとぼけるから「イカレてる」って言いたくなるのよ。前回出て来た「磯子」はこれまでに出て来た磯子とは別人の、あきらかにフィクションとわかる「磯子」だし、「昌子」だってそうでしょ。これまでに出て来た「昌子」も現実の昌子も、結婚歴もなければマレーシアに行ったこともないものね。何でまた、自分で自分の書いたことを現実と取り違えたふりをするのよ？　つまらない冗談だと呆れこそすれ、そんなことで怒らないわよ。私はごく冷静に理性的に心の底から「バカ」と言いました。
難詰4　それにしても、「二度と私を小説に出すな」って言われた第十二話、あれのどこがそんなに気に障ったの？　これ、ほんとにわからないから虚心にお伺いいたします。
応戦4　「ほんとにわからない」って言われたって、あなたの言うことをことば通りに受け止める気はしない。ナイーヴなふりをして、こちらの「技量」とやらを測ろうとしてるんじゃないの？　まあいいわ、まっとうにお答えしましょう。あの小説が、九十パーセントは事実に基づいて書かれてはいるものの、あなたと作品にとって都合のいい事実だけを取捨選択して構成されてるなんてことよりも何よりも、あなたは自分を被害者で私をあなたに無言の圧力をかける加害者として描いてる。これは「書く者」の特権ってやつ？　不平等って言うならこれこそ不平等じゃない？　人をバカにしきってるのはどっち？　申し

**開きできる？**

難詰5　あなたがわたしを嘲弄《ちようろう》するために小説を書かせてるんだとは思いたくないんだけど、何か全然いいところを見てもらえないし、瑣末《さまつ》なところにいちゃもんをつけられてばかりで、もしかするとわざとわたしの書く物を、はたまたわたし本人を拒絶してるのかとも想像してしまうの。どうなんでしょうか？

**応戦5　へえ、そんな想像してたの？　これに関してはノー・コメント。私の答を知るよりも、想像をめぐらせてる方が楽しいでしょ？**

難詰6　威勢よく始めたものの、そろそろ弱気になって来た……。あのさ、この夏、シドニー・オリンピックあるでしょ？　わたしはどうしても、アボリジニの星キャシー・フリーマンが金メダル取るところが観たいんだよね。自分が走ることによってアボリジニの存在を世界中の人々に知らせたい、って言うフリーマンが、アスリートとしての最盛期に所属する国でオリンピックを迎えるのは、天命を帯びているとしか思えないめぐり合わせじゃない？　そういう星のもとに生まれた人もいるんだね。だから、オリンピックが終わるまでは「出て行け」とは言わないでね。わたし、ここに引っ越して来る時自分のテレビ捨てちゃったし。

**応戦6　「難詰」じゃなくて「哀願」ね、これは。全く卑屈なんだから。ちゃんと「家賃」を払ってるんだからここにいる権利がある、とは考えられないの？　フリーマンはカ**

ッコいいよね、確かに。それに比べて、「そういう星のもとに生まれた人もいるんだね」なんて羨ましそうにぼやいてるあなたは……。

＊　＊

〈応戦〉か。結構。続けようじゃないの。

＊　＊

果たし状・第二弾

難詰7　まあしかし、あなたがわたしという人間をどんな人物と見做してるのか、朧《おぼろ》げながらわかったような気はしますね。二十代半ばに人生に挫折し、ひねくれてオタク的空想の世界に怨恨とともに引き籠もり、新たな目標を探そうともせず日々を無駄に費やしてる、おまけに情緒的には十代の頃からちっとも成熟していない馬鹿者、と。アイデンティティは自分一人じゃ決められない、他人に与える印象までコントロールすることはできないってわかってはいるけれど、でもこれだって、わたしの人生の一面だけに注目して描いた人物史であり人物像じゃないの。つまり、あなただって偏った眼でわたしを見て偏った情報収集をして、わたしという人間を頭の中で変形してるわけよ。わたしがあなたしか読まない小説の中であなたをあなた自身には納得の行かないかたちに造型したとしても、わたしばかりが責められるいわれはないと思うんだけど。

応戦7　まあ小器用に理屈こねちゃって。私は、あなたが小説の中でアメリカを弄び男という性を凌辱《りょうじょく》し自分自身を笑いものにしているからには、「論理的必然」として、私のことも意図的になぶりものにしてるんだとばっかり思ってたけどね。私があなたから偏った情報収集をしてるって？　それはあなたが自らそうさせてるのかもよ。だって、あなたには重度の韜晦癖《とうかいへき》があるんだもの。まるで理解されるのを怖がってるみたいなね。怖いんでしょ、本当のところ？

難詰8　言っとくけどね、わたしはプロの小説家になれなかったことを挫折だなんて思ってないから。そりゃ当時は大打撃だったけれど、落ちついて考えれば、プロの小説家として世に認知されようがされまいがわたしという人間の質は何ら変わるところはないんだし、その後歩むべき道のりを歩んで来て今に至っただけなんだから。かりに小説家になれてたとしても、まさに前回書いたような悲観的な小説家にしかなっていなかっただろうし、どう転んでたって大して変わりゃしないわよ。わたしが〈陰鬱なオタク〉に見えるんだとしたら、他に理由があるんでしょう、きっと。

応戦8　また出たわね、韜晦癖が。「他に理由があるんでしょう、きっと」？　はあ、さぞかし深遠な理由がおありなんでしょう。でも、詰まるところは単なる性的欲求不満だったりしてね。それとも僻《ひが》みっぽくいじけた性格が問題なのかしら？　だけど、正直に言ったら？「自分にはプロの小説家と同じ程度の技量があるって思ってる」って。そういうふうなことを書いてたじゃないの、前回。

難詰9　あなたは人のことをオタク、オタクって言うけど、あなた自身はどうなの？　わたしも、あんまり会ってなかった時代のあなたの私生活についてはほとんど知らないんだけど、少なくとも、あなただって結婚もしたことがないし、今だって恋人がいる様子もない。夜家をあけたことないものね。わたしなんかの小説を読みたがるくらいだから、他の楽しみに恵まれてるわけでもないでしょう？　毎晩蒲団に入った時、どんなこと考えてるの？　同性愛やＳＭのことじゃないにしても、非現実的な想念を糧にして生きてるんじゃないの？

応戦9　すみませんねえ、独身で。あいにく私は、蒲団に入ったら何か考える暇もなくすぐ寝ついちゃうの。自分じゃ非現実的な想念なんて育んでるつもりはないけど。いずれにせよ、あなたほど想念だか妄念だかの世界に閉じ籠もってはいないわよ、たぶん。あなたは私から逃げてるけど、私はあなたから逃げていないんだから。

難詰10　〈応戦5〉で「勝手に想像してろ」って答えてるけど。ほんとに勝手に想像していいの？　じゃあするよ。〈あなたは四十歳で独身、一人暮らし。寂しいので誰かと一緒にいたいけれど恋人もいないので、しかたなく「こんなのでもいないよりまし」という程度のわたしを居候させることにした。だけど、本音ではやっぱり単なる友人との暮らしは物足りない。「こいつにもうちょっと性的魅力があれば」と思いながらわたしを見ているうちに、理不尽にも「わたしの生活が面白くないのはこいつに性的魅力がないせいだ」と感じられて来て、だんだん憎しみさえ覚えるようになった。そしてわたしに冷たくふるまい始め、今や文言での遣り取りにも嫌悪が滲み出るのだった〉。どう？　気に入った？

**応戦10　ええ、たいへん気に入りました。どういうつもりか知らないけど、私はここで「私はレズビアンでもバイセクシュアルでもない！」って言うような反動的な人間じゃないの、幸いにして。私がヘテロであろうがレズビアンであろうが、あなたに性的魅力を感じないのは不動の事実だしね。「ほんとに残念」って言っておくわ。残念でもないけど。**

難詰11　勝手な想像、続けてやる。あなたも小説書いてるんじゃないの？　昔から読書家だったし書く文章も面白かったしね。わたし、新人文学賞を受賞した時、あなたも早く何か書いてデビューすればいいのにって思ってたの。休みの日なんか、ずっと部屋でパソコンに向かってるんじゃない？　ほんとに引き出しの中に習作を収めたフロッピーが入ってたりして。それか、もうペン・ネームでデビューしてる小説家だったりして。毎日勤めに出るふりをして実は仕事部屋に通ってるとかさ。なぜわたしにそれを隠しているかといえば、小説家になれなかったわたしへの気遣いから、と。ああ何て優しいの。こういう想像は気に入る？
**応戦11　バカ。アホ。変態。どうしようもないわね。そんな想像してて楽しいの？　私は小説家になりたいなんて考えたことはないんだから。もう、あんたがそういうことを言えば言うほど人生の挫折の厳しさが思い遣られるわよ。ほんとに単にふざけてるだけなんだったらいいんだけど。まあ人の趣味には口を出さないのが賢明よね。せいぜいがんばって生きて行って。**

＊
＊

バカでアホで変態であることの喜びをあなたにも教えてあげたい、マイ・ディアー、今日までも明日からもわたしはこの家に居座り続けあなたを感化しようとする。あなたはわたしに韜晦癖があると言うけれど、あなただって言いたくないことは言ってなーい。わたしがあなたから逃げてるって？　わたしに言わせれば、先に冷たい眼で見るようになったのはあなた。そんなあなたは多少怖いけど、理解されることなんか、わたし、怖がってなーい。〈理解〉ってなあに？　青臭いことば使わないでよ、マイ・ディアー。わたしが小説家になれなかったことでいまだに苦しんでると考えるのも、あなたの抱いてる文学への古臭い幻想のせい。〈わたし、そんなもの、とっくに卒業したの〉。わたしが腐ってるのは早い話が性的欲求不満のため？　あそうかもね、このファッキン・オールド・ベイビーはもう長い間満たされることはなく、体に塗られて皮脂と混じり合ったブルーベリー・ジャムの味を懐しく思い出してばかりってわけよ、塩も胡椒も砂糖もソイ・ソースもバルサミコもクリームもマスタードもエクストラ・ヴァージン・オイルもバジルもロリエもコリアンダーも調味料・香草いっさい準備してお待ち申し上げてるっていうのにあの女王様は帰って来てはくださらない、女王様は敬意を込めてわたしを鞭打つ、次は憎しみを込めて、敬意、憎しみ、敬意、憎しみ、敬意、憎しみ、敬意、憎しみ、わたしは清められ汚され清められ汚されその繰り返しの果てにやっぱり本来の自分に戻って女王様と抱擁を交わす、女王様の体には茨が巻きつけてあって、抱き合うと二人とも痛くって、それでも力いっぱい抱き締め合って、破れた皮膚から流れる血が床まで届いて、その赤い色を見てたら倒れ込まずにはいられなかった、あれからわたしは誰にも清められも汚されもせず、よけいな人に蔑まれることでナルシシズムを鍛えてる始末、ああ、あの上昇と下降のゲームがもう一回やりたい、いろんなことをされていろんな声を上げた後、お互いの体についた狼藉の印を指差してからかい合いたい、くだらないことを言い合っては壁に頭をぶつけて笑いたい、考えてるだけで肛門から突っ込まれた手で心臓を握り潰される気分、あの人とじゃなきゃあんなことはできないだろうな、女王様今いずこ、「愛してる」って言ってくれたのにな。あ、関係ないけど今わたし、マーヴィン・ゲイの『セクシュアル・ヒーリング』聴きながらこれを書いてるのね。名曲ですね、いつ聴いても。いや全く、いくら欲求不満になったからって手近にいる者で我慢しようとするタイプじゃなくてよかったね、お互いに。もしうっかりやっちゃったりしたら一生の汚点になるものね、マイ・ディアー。末長くマスターベーションの題材として記憶に残るような性行為しかしたくないよね。それにしてもまだるっこしいね、フロッピーでの遣り取りは、時間差があって。あなたにじかに対決する気があるんだったら、わたしはいつでも応じまーす。

＊　＊

わかった。今晩九時、リビング・ルームに来て。

# 17

## 第十四話　鈴子

ここにいるわれわれはすでに空に書かれたテクストの中にいる。作家がもはや書かなくていいところ。（ウィリアム・バロウズ『夢の書　わが教育』山形浩生訳・河出書房新社刊より。ただし引用に際して文意を通じやすくするために、原文の「かれが」を「作家が」に変えてありますよ）。へえ、わたし、バロウズなんか読んでるんだ。いつの間に？　わたしじゃなくて、トリスティーンかグラディスが読んだんじゃないのかな。作中人物が読んだ本は自動的に作者の頭にも入り込み……おっと、こんなことを書いてるのを磯子に知られたら、また「くだらない」って言われそう。

磯子、ではない。鈴子だ、わたしの友達は。高校の時のいちばんの友達。

今、〈友達〉ということばを聞いてわたしが最も心地よく思い出すのは、もう随分前に美容院で読んだ若い女性向けの雑誌に載っていた、ある三人組の男性アイドル歌手グループのデビュー十周年記念のインタビュー記事である。一人ずつのインタビューと三人一緒の鼎談で構成されたその記事は、メンバーAの単独インタビューから始まる。Aはデビュー前の中学生時代、所属する芸能プロダクションの催すダンスのレッスンに通う時、同じ電車の沿線に住むメンバーBを途中下車して誘いに行っていたのだそうだ。わたしの印象では、デビュー後のAはBよりもう一人のメンバーCと仲がいいように見えたのだが、もともとはBと親しかったらしい。支度の遅いBは迎えに来たAを待たせることがある。Aは駅まで出て立ち食いカレーか何かを食べて時間を潰す。時々「サボろう」という話になり、二人で映画を観に行ったりもした。そんな思い出を十年以上たってからAは懐しそうに語る。「だけど、Bに『あの時一緒に映画に行ったじゃない』なんて言えないじゃない？」と、インタビュアーに向かって照れ臭そうに呟きながら。

友達づき合いにも盛りの季節はある。十年以上たつ間には、喧嘩したりお互いに別の友達と仲よくなったり、あまり人づき合いに興味を持てない内に籠もる時期があったり、そのうちそれぞれに恋人ができたりして、気がつけば楽しかった盛りの季節は遠く過ぎ去り、二度とその頃には戻れないという事実を苦く嚙みしめながら昔を懐しむしかなくなっている。わたしには、Bを誘いに行くためにBの住む街の駅前に下り立った時Aの眼に映った風景が、見えるような気がする。より正確にいえば、その時のことを思い出す十数年後のAの眼に浮かんだ風景が。

砂埃色のビルと味気なく広がる駅前のロータリー。街道を渡ると始まる下町風の感じのいい商店街。

鈴子、いや、磯子で通すべきだろうか、この家の二階の部屋で書く文章に登場する友達の名前は。しかし、もうこれまでと同じ気持ちで書くことはできない。わたしはここに登場する友達を新たに〈鈴子〉と命名する。鈴子というのは、わたしの友達の現実の名前でもあるのだけれども。

鈴子は、わたしが変わらない限り、自分の把握しているわたしという人間の人物像を修正するつもりはないと言った。今のわたしは世をすね心を閉ざし何の積極性も見られない〈だめなやつ〉で、少しも魅力的ではないのだそうだ。「高校の頃は才気に溢れてて魅力的だったけどね」。リビング・ルームのソファーにすわった鈴子は、入浴をすませた後らしく、パジャマの上にシルクの青いペイズリー柄のナイト・ガウンをはおり、肩の凝らない装いに反した硬い表情で宙のどこかを眺めていた。「今のあなたは、わたしにとっては場末の盛り場かさびれた遊園地のようなものなのよ。そういうものの趣きもわからないではないけれど、この年になるともの悲しさの方をより強く感じてしまうの」。これがほんとうにわたしの友達なのだろうかとわたしは訝しむが、眼の前にいるのは、いくら下瞼のあたりがたるんでいても肌の脂っ気が抜けていても、二十数年前から見知っている鈴子以外の人物ではなかった。

わたしはこの文章の中で鈴子を変形したい。わたしにとって都合のいいように。こうあってほしいと思う人物像に。以前にも書いたけれども、鈴子が生身のわたしを自分の物差しで測り乱暴に解釈してわたしを変形するのなら、わたしも文章の中で似たようなことをして悪い理由はない。わたしの希望はごく単純だ。鈴子とこの家で和気藹藹《わきあいあい》と暮らしたい。お互いに相手に批判的な気持ちを抱いていてもかまわない、どこかにいくばくかの愛着心が残ってさえいれば。わたしには鈴子への愛着がある。好きか嫌いかと問われれば、そんなことはもう長い間考えたことも感じたこともないからわからないとしか言えないが、それでも鈴子の顔を見れば懐しさに似た感情が湧いて来る。おそらくわたしは鈴子よりも感傷的なのだろう。鈴子にも感傷的であってほしい。

「高校の時、才気に満ちてて魅力的だったのは、あなたの方よ。いつの間にそんな平凡なおばさんになっちゃったの?」。わたしのことばに、鈴子はようやくわたしに眼を向けた。わたしは続けた。「この世の仕組みに適応したから偉いとでも思ってるの? それじゃあまりにも陳腐じゃない? わたしはあの頃腹を立ててた諸々のことに、いまだに怒ってるわよ。腐ってるって言うならあの頃から腐ってた。今ほど嫌いな人間は多くなかったし、将来への夢もあったけどね。あなたは何なの? 『男に生まれたかった』なんて言ってたわりには、見事におばさんになったじゃないの。世間にはよくあることだけど、まさかあなたまで、男にペニスを突っ込まれて『ああ、気持ちいいからもうわたし、これでいいわ』って翻るタイプの女だったなんてね。わたしはずっと、人間に生物学的性差があることが不愉快で、もっと言うなら個体と個体の間に差異があることからして不愉快で、社会の制度や慣習を改善しようがどうしようが永遠に変わりようのないことに関して頭に来てて、それを不適応だとか未成熟だとか決めつける連中は殺してやりたいと思ってる。まあ、ほんとに人を殺すくらいなら自分が首を吊るけど。とにかく、日々の生活にそれなりの楽しみがあるとしても、この根本にある不愉快さは絶対忘れない。たとえあと百年生きたってね」。

口調は辛辣《しんらつ》でも頭の半分ではわたしは、これは単なる議論のゲームでありわたしたちは一時的に、仮りに、敵同士の役割を演じているだけで、心の底から相手を叩き潰したいと思っているわけではない、と意識していた。鈴子の方も、不愉快そうな表情にはなるけれども、顔全体は熱を帯び生き生きと輝き始めこのゲームを楽しんでいることがはっきりとわかった。久しぶりに、わたしたちは快い闘志と情熱を抱いて向かい合っていた。わたしの勘違いでなければ。

「わたしを変節者扱いするのはあなたの自由。あなたの感性や世界観をとやかく言うつもりもない。でもさ、そんなに人生がつらいって言い募るんだったら砂漠にでも行けば?」、「やめてよ、いにしえのランボーのことばなんか持ち出すのは。だいたいさ、ランボーは確かに砂漠で厳しい生活を送りはしたんだろうけど、つらいことばっかりじゃなくって、どうせ現地の女だか男だかを買って楽しんだりもしてたんでしょ？　そういう楽しみのあったやつに、そんな偉そうなこと言われたくないね」、「だからさ、あんたの不満の半分くらいは性的欲求不満なんじゃないの？　セックスの相手がいれば、そこまで腐ってないんじゃないの？　あんた、グラディスみたいな相手がほしいんでしょ？　自分でつくった作中人物に惚れてて、妄想の中でセックスしてるんでしょう？　ああ、気持ち悪い」、「かりにそうであったとして何が悪いの？　大して好きでもない現実の人間と感動のないセックスをするくらいなら、百パーセント納得の行くマスターベーションをしてる方がよっぽど健全じゃない？」、「あんたはほんとに変わってるわよ」。

いつから鈴子はわたしを「変わってる」のひとことでかたづけ切り棄てることが平気になったのか。「あなたもつまらない応え方をするようになったねえ。あんたなんか変わり者にもなりそこねた半端者じゃない？　自分はまっとうな性生活を営んでるって言うんなら適当に結婚でもしてそうなもんだけど、してやしないじゃないの。そりゃ事情はいろいろあるんだろうけどさ。あなたとわたしはそんなにかけ離れた生き方をしてる？　あなたがわたしほどセックスのことを考えずにすんでるんだとしたら、それはあなたが性的にノーマルだからじゃなくって、小金を持ってて他の娯楽で気を紛らわせることができるからとしか考えられないけどね、わたしには。大金持ちではないにせよ、生活の不安がないから自分は人並みだと思っていられるのよ」、「それはとっても興味深い説だけど、違うわね、あなたに性的欲求不満があるのは経済的な事情とは関係ない。あなたは他人が嫌いだもの。他人が嫌いだし、信用してないから怖いんでしょ? それで性的な対象にできる相手がすごく少なくってさ。その分、『この人なら』って思い詰めた相手に対しては『何をされてもいい』っていうふうに過剰に自分をゆだねることになって、SM的なセックスのかたちになるんでしょう? 気の毒よね」。

高校の時、教室でこんなふうに言い合いになって、鈴子がそばにあったゴミ箱の蓋をわたしに投げつけたことがある。蓋はわたしの腿に当たり、わたしはゴミ箱を持ち上げ中味を鈴子に向けてぶちまけた。鈴子はうまくよけてゴミに塗《まみ》れることはなくわたしは口惜しがったのだが、まわりの同級生たちの非難の眼を浴びてそれ以上の報復は断念、箒を取って来て床に散らばったゴミをかたづけ始めると鈴子も黙って手伝った。そんな若さは今はない。「気の毒がってもらわなくても結構、これでも『たった今この瞬間に死んでもいい』って思えるくらいの感動を覚えた性経験があるんだから」、「ほら、そこがもうおかしいのよ、普通はいい経験をすれば『もう死んでもいい』じゃなくて『生きててよかった』とか『これからも何度もこんな経験がしたい』とか思うわよ。気の毒なのはそういうところよ」、「あなたにはあるの、『生きててよかった』って思えるような性経験が?」、「わたしはあなたと違って、それほどセックスに重きは置いていないの。置かずにすむの、資質的にね」、「だから結構な身分なのよ、あなたは。わたしだってお金があれば、こんな性格でももっと楽しく生きられるわよ」、「無理ね、あなたには」。

鈴子とわたしの間にいったい何が起こったのだろうか、あたりまえのように隣にいて、二匹の仔犬のようにじゃれ合い追いかけ合っていた時代から。わたしは鈴子を自分のそばに引き止めておく努力をすべきだったのかも知れない。しかし、そんな努力が必要だと思ったことはなかった。むしろ、会っていなくても鈴子はずっとわたしの身近な人物であり続けるものと信じ込んでいた。むしろ、わたしたちの間には何かが起こらなかったのではないか、と問うべきだろうか。お互いにだいじな友達であり続けるための何かが。

わたしは鈴子を変形したい。同時にわたし自身も変形したい。わたしたちが今とは別の物語を生きられるように。それがもう一つの凡庸な物語になるだけだとしても。この家に来てからわたしは何度となく考えた、わたしたちがお互いにとって性的魅力のある者同士であれば、と。もしも性行為ができれば、たとえ一時的にでもこの緊張状態をやわらげることができるだろうし、わたしたちの喰い違いが解消されることはないにしても、もっと許し合い受け入れ合えるのではないだろうか。性的魅力を感じずにすむから友達とのつき合いは楽だと感じたこともある、三十代後半にしばらく途絶えていた鈴子との行き来が再開した頃。わたしも、そしておそらく鈴子も、一通りか二通りの恋愛経験を経て疲れてもいたし、決して相手に強い欲望を抱くことがなく無駄に消耗することもない、友人同士のつき合いに安らぎを見出したのだと思う。それが見込み違いだったのはすでにあきらか、わたしたちは性的欲求ではない欲求をぶつけ合い、ついには激しいことばを遣り取りして闘うに至ったのだが、まるで性行為をする代わりにそうしているかのようだった。

「じゃあ、経済力じゃなくって個人的な資質が問題だということにしてもいい。その上で言うんだけど、セックスに重きを置いていない分、あなたはセックスよりもいやらしい楽しみに耽ってんじゃないの？」、「何よ、いやらしい楽しみって？」、「何でわたしをこの家に置くことにしたの？ 話が合わなくなってるのはとっくにわかってたのに。しかも、小説家になりそこねたわたしに小説を書かせたりしてさ。この際はっきり言ったらどう？ 人のこと、玩具にしてるんでしょう？ 退屈しのぎにわたしを突ついて反応を楽しんでるんでしょう？」、「それはまた、あなたならではのひねた発想よね。もっと普通に考えられないの？ わたしは友達と一緒に暮らすのもいいかと思って、あなたが会社の人員削減の対象になったのを機会に同居に誘ったんだし、あなたに小説を書いてもらうことにしたのも、どうしてわたしたちが話が合わなくなったのかということも含めて、今のあなたの頭の中はどんなふうになってるのか知りたかったからよ」、「ふうん、優等生的答弁もたまに聞くと新鮮よね。で、知ってどうするつもりだったの？」、「近づきたかったのに決まってるじゃない。でも、あなたは韜晦ばっかりして」。

わたしは遮った、「韜晦なんかしてない、あなたはわたしについて知るべきことはみんな知ってるはずよ」、「どういうこと？ もしかして、〈このわたしについて、他人が知っていいのはわたしが知らせてもいいと判断したことだけであって、それ以外のことは知ろうとしてはならない〉って言ってるの？」、「その通りじゃないけど近いかもね。知らせたくないこと、知らせてもしょうがないと思えることは、確かにわたしは人に教えない。そんなのあたりまえでしょ？ だけど、人がわたしの言動からわたしがわざわざ知らせようとはしないでいる事柄を読み取るのも自然の成り行きで、止められることじゃないから自由に読み取ってくれればいい。見えるものは勝手に見ろってことよ。でも、見えないものを見ようとして無理矢理人の着ている物を剝ぎ取ったり、腹をかっさばいて内臓を取り出そうとするのは、暴力じゃない？」、「こうやって聞いてる限りは、あなたの考え方は全面的に正しいけどね、実際のあなたの言動を見てると他人の理解を拒んでるとしか思えないわけよ」、「あなたがわたしのどんなところを理解したいと思ってるのか知らないけどさ。〈理解〉と言えば聞こえはいいものの、相手が進んで知らせてくれるもの、自然に見えて来るもの以上のものを知りたがるのは、支配欲に過ぎないわよ」。

その時眼元を引きつらせた鈴子は、ほんとうに怒ったようだった。「わたしのやることを、そんなふうに受け止めてたの？」、「あなたのことを言ったんじゃないわよ」、「あんたにはほんとに頭に来る、今初めて思ったわよ、ほんとにわたしが支配欲の塊の精神的サディストで、あんたを侮辱して楽しむためにこの家に飼ってるんだったらよかったのにって」、「その設定には、わたし、乗らない」、「わたしだってまっぴらごめんよ。だけどあんたは、配役がわたしじゃなくてどこかのセクシーな女王様なら乗るんでしょう?」。わたしは返事をしなかった。「そうなんでしょ? あんたはこの家にわたしと暮らしながら、そういうふうな妄想上の生活も同時に営んでるのよね? おまけに妄想の生活の方がずっと好きでね」、「そこまでイカレてないわよ。あなたこそそんなにいろいろ想像しちゃって、二重三重の妄想生活を送ってるんじゃないの?」、「あなたと同類にしないでよ」、「いいじゃないの、同類でも」、「絶対に嫌だ」。今度はわたしが頭に来た、ゲームの範囲を越えて。

「あなたにとってそんなにわたしが軽蔑すべき人間なんだったら、どうして同居させとくの? 『出て行け』って言えばいいじゃない。わたしは出て行くから」。鈴子の表情がかすかに弛んだ。だが、怒りの余燼《よじん》は依然として顳顬《こめかみ》のあたりに燻《くすぶ》っていた。「もう小説なんか書きたくないしね。シドニー・オリンピックは観たいけど、また十四インチの安いテレビでも買えばいいんだし。どだい対等な条件で一緒に住むなんてこと、できるはずもなかったのよ。明日から仕事とアパート探すから」。鈴子は何も言わなかった。黙って立ち上がり、ドアを開けてリビング・ルームを出て行った。

友達同士で別れるの別れないのという話になるのは大袈裟で滑稽だろうか。しかし、はっきり自覚するまでには至らなくとも、友達と気持ちの上で別れたりまた時がたって復縁したりということは、わりあいよくあるのではないかとも思う。鈴子を嫌いになったわけではない、今さら嫌いになるはずもないのだが、この家に暮らした約一年間というもの、リビング・ルームで対座した晩に限らず鈴子とわたしは蜿々と闘いを続けて来たようなもので、面白かったけれどもいつまでも闘い続けることはできない。ひとまず別れるべき時が来たと感じたわたしは、翌日から不動産屋めぐりを始め就職情報誌も買うようになった。アパート探しと職探しのためだけではなく気晴らしに街を歩き回り、鈴子よりも遅く帰宅することもしばしばだった。夜、二階の部屋で一階の鈴子がたてる物音が耳につくと、寂しさを覚えもしたし「アホウ」と呟かずにもいられなかった。

まさか鈴子に先手を打たれるとは予想していなかったのだ。十日ほど過ぎた頃だっただろうか、午後九時頃に戻ってダイニング・キッチンに寄ると、テーブルに紙片が置かれていて、それには「わたしが出て行くから、あなたがここに住んで」とあった。事実家の中に鈴子の気配はなく、眼には見えないものの食器とか靴とか小さな物がいくつか消えた肌寒い空気が漂っていて、その晩も次の日も次の次の日も鈴子は帰って来ず、残されたことばは冗談ではないことがはっきりした。わたしは戸惑うばかりであった。この家に住んでいられるのであれば助かりはするが、鈴子の行動を甘ったるい親切心と受け取ることはできない。鈴子はこんなふうにしてここ一年ほどの闘いのゲームを終わらせたのだ、と裏をかかれた口惜しさに歯ぎしりした後、いや、ゲームはまだ終わっていない、と気づいて考える、鈴子の指示を受け入れるなら、鈴子が帰って来るまでわたしはここで待ち続けなければならないようだが、はたして鈴子は帰って来るつもりなのだろうか、それとも一生帰って来ないのか、帰って来るとしたらさらなる闘いが始まるのだろうか。

考えていてもしかたがないので、またぞろ文章を書いているという次第である。これをいつか鈴子が読むことはあるのだろうか。

# 18

## 第十五話　昌子

賑やかなバングラー通りに交差する小道に、象の子供がいた。そばについている男に料金を払えば、子象にバナナをやることができるのだった。ちょうどコーカソイドの少女がバナナを差し出しているところだった。その子は子象がバナナに向かって鼻を延ばすと、からかって意地悪に手を引っ込めた。子象は何歩か進んでバナナをもらおうとする。女の子もそうじらしはしないでバナナを与えたのだが、昌子と私がびっくりしたのは、バナナを見つめる子象の眼が顔の中央の方に寄り白眼が剝き出しになっていたことだ。象の眼は顔の側面近くについているから正面を注視する時には寄り眼になるものだろうけれど、白眼を剝いた象の表情はいかにも、バナナがほしい、バナナがほしい、バナナしか眼中にない、というような必死の形相に映るのだった。

「私も子供の頃はバナナが大好きだった。一度でいいからバナナを一房眼の前に置いて、好きなだけ食べてみたいと思ってた」、ロブスターにナイフを入れながら昌子は話す、「それがある日実現したの。小学校二年生の時かな、家で一人で留守番してたら父親がどこかで安売りしてたらしいバナナを一房提げて帰って来たのね。で、食べたいだけ食べていいって言われたもんだから、もう口もきかないで続けざまに食べたの。うちは下層階級で作法なんか気にしないから、ちゃぶ台じゃなくて畳に敷いた新聞紙の上にバナナの房を置いてね、父と二人、ジャングルのゴリラの親子みたいに、黙々とバナナを食べ続けて。夕方だったから四畳半の部屋の中がだんだん暗くなって来て、それなのに灯もつけないでね。これが私の子供の頃の、食べ物にまつわるいちばん幸せな思い出。ああ貧しい」。聞きながら私は笑い転げた、この家に昌子が住み始める直前、婚前旅行のように二人で出かけたプーケットのレストランで。婚前旅行？　私らしくもない気持ちの悪い喩えを使ってしまった。

日本でいえば「海の家」にあたるのだろう海辺の簡易食堂でラーメンを注文した昌子は、椀に添えられて来たのがフォークだったので、店の女性に手振りで箸がないかと尋ねた。店員は頷いてカウンターの方へ行ったが、どこやらから取り上げた箸の先を見ると元の所に戻し、別の箸を取った。が、その箸にも眼を落とすとちょっと躊躇し、それから決然と指先で箸の先の方をぐいと拭って、私たちのテーブルに持って来た。あちらは見られていないと思っていたのかもしれないが、私たちは一部始終を見ていた。「手で拭ったよね？」、「うん、拭った」、昌子は苦笑しながらその箸でラーメンを食べた。「おなか痛くなったらどうする?」と訊くと、「大丈夫。小さい時からこぼした物も拾って食べてたから、雑菌には強いはず」と胸を張り、実際腹痛など起こさなかった。「下層階級はタフだから」、そううそぶく一方で、近くに人の気配があるとたちまち神経性便秘を起こし、浮かない顔でトイレを出たり入ったりするところは、やはり私を笑わせた。……昌子が消えてから、私はあの旅行のことばかり思い出している。

どうして私が親から譲り受けたこの家を出て行ったりするのよ、バカ。出て行ったのはあなたでしょう? 予告通り、だけど「いつ越す」という挨拶もなしに突然、それでいて妙に律義に家賃代わりの小説を一本残して。その小説には「昌子」と「鈴子」が登場して、実際に私たちの間で交わされた遣り取りがほぼ忠実に再現されていたけれど、小説と違って現実にこの家から消えたのは昌子の方だった、というわけ。私は「出て行け」なんて一度も口にしていないのに。どうせ私に何か言われるのが怖いから、顔を合わせないで出て行ったんでしょうよ。何度も言うけど昌子はバカ。弱虫ですぐすねて逃げ出して、そういうところは十七、八の頃とちっとも変わってない。成長しない人間っているものね。本当に成長する人間がいるのかどうかは知らないけれど。私だって成長なんかしていないかもしれない。四十歳にもなって、いや、先月もう四十一歳になったんだけど、十七歳の頃と同じように昌子を追いかけまわしてるんだから。ねえ、昌子、本屋に寄ってく? 昌子、何か食べてかない? 昌子、あの映画観に行くでしょ？　昌子、明日泊まりに行っていい？　昌子、プーケットにでも行こうか？　昌子、仕事がなくなったんならうちに住めば？

何でまた、恋愛関係でもないただの友達を、こんなに気にかけ追いまわさずにいられないのか、自分でもよくわからない。高校二年で昌子と同じクラスになった私は、同性愛やSMの話のできる相手と出会ったのは初めてだったという理由もあり、昌子との交友に熱中した。本質は内向的で現実の世界よりも想念の世界の開拓に日々励んでいるらしい昌子に、私はとても興味があって、一緒に出かけたり漫然とお喋りをして互いに気が合うことを納得し合うだけでは物足りず、あれこれ突ついてかまっては反応を惹き出すことを楽しみにした。昌子がどんなふうに答えるか知りたいというだけで、前の晩から昌子への質問を考えて学校に行ったし、わざと議論を吹っかけたりもした。昌子もじきに私と同じように、私にさまざまな質問を投げかける時には絡んで来たりするようになって、闘いのゲームが習慣化したのだが、その習慣をつくったのは私だ。時には度が過ぎて喧嘩にもなったがすぐに仲直りしたし、喧嘩も娯楽の一つだった。退屈な時にはどちらからともなく「喧嘩でもしようか」と言い出して罵《ののし》り合いを始めることさえあった。人は奇矯と言うかもしれないが、そうした交わりが無性に楽しかった。私は小説を書きたいと思ったことはなく、昌子や日和子や房枝とのリレー小説に参加していたのもほんのおつき合いに過ぎなかったのだけれども、かりに私にも創作欲があったのだとしたら、その欲のほとんどは、昌子との交友のかたちをつくり出すことに向けられていたと思う。もちろん私一人がつくったのではなく、昌子との共作である。

二十代の半ば頃、昌子が生まれつきの内向性を強めて陰鬱になったのが、私は残念でたまらない。残念でたまらないなどというのは私の身勝手だが、昌子の暗い様子を見ていると苛々《いらいら》して来て、私はめったに昌子に電話をかけなくなった。暗い様子だけが不満だったのではない。昌子の方があきらかに私に対して距離を置いた。小説家として世に容れられなかったことの屈辱感がどれほどのものか、確かに私には想像がつかないけれども、昌子は口にこそ出さないものの「話してもわからない」という態度をとり始めたのだった。昌子というのはここまですねていじける人間だったのかと愕然とし、一時はもう高校時代の幸福な記憶は忘れようと決めた。

三十代の後半になって、昌子はいったいどうなっているかと思い行き来を再開してみれば、いくらか明るさを取り戻してはいたが、何があったのか韜晦癖はますます高じろくに心を開かない。何もかもあけすけに見せ合っていなくても人と人は快適につき合うことができるのだ、と私も社会人になってからは学び、三十代の昌子ともそれなりに楽しく会えはしたけれど、やはり、ほかならぬ昌子と私がそんなふうな通り一遍の友達同士になり下がったのはひどく口惜しかった。

「鈴子にも感傷的であってほしい」？　私はあなたに劣らず感傷的で、私たちの高校時代のよき思い出に囚われ続けてるわよ、アホ。

昌子が消えた日、仕事から帰って来て玄関の隅に埃の塊が落ちているのが眼に入ったせいもあるだろうか、ダイニング・キッチンに入った時、すでに何となくこの家の重心のありかが変わったような気がして、足音を忍ばせて二階に上がり昌子に貸していた部屋の前に立つと、いくら耳を澄ませて待っても中からは全く物音がしないので、息を整えてから思いきってドアを開け放つともぬけの殻、部屋の真ん中にフロッピー・ディスクが一枚ぽつんと残されていて、私は、何でこんな仕打ちを受けなきゃいけないのか、バカ、アホ、間抜け、変態、と思いつく限りの罵倒語を胸の内で連発し、危うく、高校の時昌子が私の次に仲がよかった日和子に情けない電話をかけそうになった。ねえ、昌子そっちに行ってない？ 電話なかった？ 何にも言わずに出て行ったのよ。最低だと思わない？ もう腹が立ってどうしようもないわよ。もし連絡があったら会って一、二発ひっぱたいといてよ。あのさ、これって私が見限られたんだと思う？

全く、どうして私がこんな文章を書き綴らなきゃいけないの？ あなたが小説を残して消えたからよ。これまでずっと、あなたの小説にコメントをつけていた癖で、今回も読まされっ放しじゃ心地が悪くて、あなたの眼には触れないという前提で恥かしいことばを並べてる。フロッピーには保存しないつもりだけど。どうせなら何も残さず消えてくれればよかったのに。

昌子をプーケット旅行に誘ったのは、昌子が会社をクビになってぼんやりしていた頃だ。「退職金出るんでしょ？　失業手当ももらえるんでしょ？　プーケットは今の時期、ホテル代込みで八万円くらいで行けるのよ」と口説いて連れ出した。昌子はプーケットだろうがペナンだろうがどうでもよさそうだったが、到着した日から眼に映るものに夢中になった。タイ人は男も女も素晴らしく可愛く魅力的だと言い、お尻を小さく見せるベビーヒップ・パンティを日本でよりも安く買うために入ったデパートのワコールの売場では、日本では大流行しているその商品が見当たらないことを嘆いた後で、「ああ、この国の女性はもともとお尻が小さいから、ベビーヒップ・パンティなんかいらないんだ」としきりにタイ人の均整のとれた体形を羨ましがった。ホテルのプール・サイドで「イギリスのガキが書いたタイを舞台にした小説に、主人公の白人がタイ人のことを『イエロー・モンキー』って罵る場面があった」と教えると、サン・チェアーから体を起こして「えっ？　こいつらの一人がそんなことを言ってるの？」とコーカソイドだらけの光景を見回しながら怒り、「私は白人が世界で最も優秀だとか美しいなんて絶対認めない」と息巻いた上、スライ・アンド・ファミリー・ストーンの『ドント・コール・ミー・ニガー、ホワイティ』を低い声で歌い始めたので、「あなただって昔は西洋かぶれだったじゃない？」と指摘すれば、きまり悪げに「騙されてたの、子供だったから」と呟いた。

日本人の旅行シーズンではなかったせいか、はたまた日本の買春男性たちはプーケットではなくバンコクに集うのか、夜のパトン・タウンで眼につくのはタイ人女性もしくは他国からの出稼ぎ女性を連れたコーカソイド男性たちで、昌子は怒っているとも喜んでいるともつかない薄笑いを浮かべて「ふんだくれ、ふんだくれ、ふんだくってやれ」と日本語で女性たちを応援し、ゴーゴー・バーの店頭では店内の踊り子たちの様子を伝えるモニター画面に見入り、バーを両手で持って仏頂面で腰を前後に揺すっているだけのランジェリー姿の踊り子たちの愛想のなさに「あれじゃつく客もつかないよねえ」と嘆息し、ストリップ・バーの呼び込みに捕まって日本語で書かれたショーのメニューを示されると「吹き矢ショー、春雨ショー、白白ショー」等と声に出して読み上げ、読むだけで店に行こうとはせずその場を離れた途端、いきなり眼の前にウンコの縫いぐるみを突き出され、びっくりして飛びのけば、十三、四歳の物売りの少女がその縫いぐるみを片手にけらけら笑っていて、昌子も久しく見たことがないほど優しげな微笑みを返したりして、あの性と金の匂いがぷんぷんする東南アジアのリゾートで別人のように幸せそうだった。

「結局金のある奴等が世界をいいようにするんでしょ？　セックスもいっときの愛情も金で買える」、昼間海沿いの道を歩きながら昌子は言う、「こんなふうに先進国の連中に接してれば誰だって拝金主義になるよね。日本だってそうでしょ？　進駐軍を見て金と物に憧れた。で、今はアジアの国々に金の力を見せつけてる」、「あなたもお金でセックスを買いたいの？」、尋ねると昌子は「私はセックスになんか十円だって払いたくない」とやや強い調子で答えたのだが、昌子がそう言うのは売買春を嫌悪しているためでもセックスを軽視しているためでもなくて、そこいらで拾ったろくに知りもしない人間との簡易セックスなどではとうてい満足できないという資質のせいであり、性への強い思い入れゆえである。「まあね。お金はセックスよりは服でも買うために使いたい」と私は応じて、「でも、買春男たちはバンコクで契約した女をパタヤやプーケットに連れ出して何日も一緒に過ごしたりしてるわけでさ、淡いとはいえセックス以外の交わりも持つことができるじゃない？　私たちはこうやって旅行に来てても、買物の時くらいしか現地の人と口をきく機会がないのよ。それを考えると、セックスなんかはしたくないけど、現地の人と触れ合える買春野郎たちが羨ましくならない？」と問いかけると、「なるなる。ねたましい」と勢いよく頷く。

そんな昌子が日本から持って来ていた本は角川文庫のイェーツの戯曲集で、その中の『心のゆくところ』という一幕劇を読み返したかったらしかった。この、日々の労働を拒み妖精に誘われて歌って踊って暮らせる妖精の国へ行ってしまう若妻の物語を、昌子が昼寝をしている間に私も読んで、「だけどさ、労働をしたくないっていうのは我儘なんじゃないの？」と感想を述べたら、「そりゃそうだけど、でも、できることなら労働に追われたくない、悠々と遊んで暮らしたいっていうのは本音っていうか基本じゃない？　基本を忘れちゃいけないでしょ。幼稚に聞こえるかもしれないけど」と昌子は反論した。今でも印象に残っているのは、戯曲の中で若妻が夫に対して語る科白で、本が手元にないのでうろ憶えだけれども、「私は世界を両手で粉々にすり潰し／それを見て微笑むあなたが見たい」というものだ。昌子はプール・サイドでシンハー・ビールを飲みながら、そこを指で示し「ここの部分、メロディーつけて歌にしたいね」と言って、「この後にね、アドリブつけるの。思いっきり情熱を込めて、『ベイビー、ベイビー、ベイビー』って。オーティス・レディング風かな。アリサ・フランクリンでもいい」と上機嫌で続けた。まじりけのない笑顔が十七歳の時そのままで、昌子はその科白を誰か特定の人間に向かって歌ってやりたいのか、それとも自分が特定の誰かに歌いかけてほしいのか、どっちなのだろう、という疑問も浮かんだが、とりあえず午後三時の陽射しと昌子の笑顔が気持ちよくて、私はつられて微笑み「いいんじゃない？」と相槌を打った。

もしも私が昌子に性的魅力を覚えるように生まれついていたら、そして昌子も私に性的魅力を感じてくれるふうだったら、私はさっさと昌子の恋人になり永続的な伴侶となっただろう。いや、性で結びつかなくてもいいのだ、昌子が私と一緒に暮らすことに心の底から満足していてくれるなら。しかし、そうではなく、昌子はいつも、過去の恋人だかまだ出逢っていない未来の恋人だか現実の世界には存在しない架空の恋人だかとの暮らしを夢見ていた。私にはそう思え、実に愚かしく感じた。どうせあなたはたいていの人間が嫌いなんだからセックスなんかろくにしやしないじゃないの。未知の相手を探しにも出かけないで、一人夢想の中で育て上げた欲望は、マニアックになりすぎてもはやほとんど実現不可能、ますますあなたからはセックスの機会がなくなって行く。私だってできれば親友であると同時に性の楽しみも分かち合える恋人と一緒にいたいけど、そういうふうに一般的な愛情よりも性を上位に置いてしまう自分に忸怩《じくじ》たるものを覚えるし、性そのものを憎んだりもする。けれども昌子は性に何の疑いも反発も抱かないで、相手を適切に選びさえすれば性とはひたすら気持ちがよく感動的なもの、と理想化している。おかげでどうしても性が頭から離れず、性行為抜きのただの友達では不満が残る。その友達と、世間一般の親友同士はもちろん、恋人同士よりも深い交わりをしていてさえも、だ。どうして一緒に暮らしている人間のそんな様子に我慢できるだろうか。あの弱虫で内向的で神経質で人間嫌いの妄想力逞しいアホを私は嘲笑する。早死にするかと思ってたら四十まで生きちゃって。何てカッコ悪いの。早々に死んでりゃよかったのよ。言ってやりたかった、じっと部屋に籠もってて世界を呪ってて何になるの？　無気力なあなたはそういう生活が性に合ってるんでしょ？　経済大国のオタクは貧乏なくせに貴族みたいな生き方をするのよね、滑稽きわまりないわよ。

私は昌子のいい笑顔をプーケットから日本へ持って帰りたかった。あれが昌子のあるべき姿だった。「セックスになんか十円だって払いたくない」と昌子は言い私も同意したけれど、セックスはさておき、もし友達をお金で買えるなら私は昌子を買う。旅行中ずっと私はそう思い続けていた。だから帰国してから同居に誘った。昌子を家にただで住まわせて好きなように遊ばせよう、というのが私の当初のもくろみだった。小説を書くことが昌子にとっての最高の遊びだろうと考えていた。昌子を変えたかったわけではない。むしろ変えられるものなら昌子を取り巻く世界の方を変えたかった。私は世界を両手で粉々にすり潰し、それを見て微笑むあなたが見たい、ベイビー、ベイビー、ベイビー……。けれども、私はまっとうな世界の側に属する人間だから、そうなろうと努力してなりおおせた人間だから、間近に見る昌子にいらついたしうんざりしたし要求も出て来たし、結局自分のもくろみを自分で裏切ることになった。昌子はこの家での闘いのゲームを「面白かった」と書いている。昌子には面白かったかもしれない。だが、私は感情的になりすぎた。

しかし、これで終わりなのだろうか。日本の女性の平均寿命まで生きるとすれば、私たちにはまだ四十数年の時間が残されている。四十数年というとこれまで生きて来た時間とほぼ同じだけれども、これまでとは違って衰えて行く過程にあるこれからの四十数年は、遥かに変化に乏しく平板なものになるだろう。この先昌子は、賭けたっていいけれど、マニアックな欲求を満たしてくれる恋人にも、私ほどあの娘に関心を持ちかまいたがる友達にも、出逢えないはずだ。誰が間もなく四十一歳の陰鬱なオタクとつき合いたがる？　そんな物好きは私くらいなものよ。昌子が最後に頼る人間がいるとすればそれは私で、またいずれ恥かしそうな声で電話をかけて来るものと私は期待している。私にしても、昌子としたような交わりのできる相手は他にいない。たとえ世の中の多くの人が、昌子と私の交わりをくだらない不毛な営みと見做して憐れんでもいい。昌子が帰って来たら、私たちはまた始める、私たちの共作共演のゲームを。

帰って来い、昌子。

帰って来い、アホ。

（本書のプロフィール）
初出「ちくま」１９９９年2月～２０００年7月
単行本２０００年10月筑摩書房刊

（お断り）

本書には現在の人権意識等の観点からは必ずしも最善ではないと思われる文言が含まれていますが、著者に差別的意図がなく、時代を表わした表現でもあるため、原文のままにしております。

松浦理英子（まつうら りえこ）
1958年（昭和33年）８月７日生まれ。愛媛県出身。1978年「葬儀の日」で第47回文學界新人賞を受賞しデビュー。1994年『親指Ｐの修業時代』で第33回女流文学賞、2008年『犬身』で第59回読売文学賞を受賞。主な著作に『セバスチャン』『ナチュラル・ウーマン』『裏ヴァージョン』『奇貨』『最愛の子ども』、エッセイに『ポケット・フェティッシュ』など。

P+D BOOKS

ピー プラス ディー ブックス

P+Dとはペーパーバックとデジタルの略称です。
後世に受け継がれるべき名作でありながら、現在入手困難となっている作品を、
B6判ペーパーバック書籍と電子書籍で、同時かつ同価格にて発売·配信する、
小学館のまったく新しいスタイルのブックレーベルです。

# 裏ヴァージョン

2017年9月10日　初版第1刷発行
2023年8月30日　第4刷発行

著者　松浦理英子
発行人　石川和男
発行所　株式会社　小学館
〒101-8001
東京都千代田区一ツ橋2-3-1
電話　編集　03-3230-9355
販売　03-5281-3555
印刷所　大日本印刷株式会社
製本所　大日本印刷株式会社
装丁　おおうちおさむ（ナノナノグラフィックス）


ISBN978-4-09-352313-4

P+D BOOKS